RAFFAELLA MACCHI

Goodbye Jude

BOOKABOOK ROMANCE

Goodbye Jude
Raffaella Macchi

bookabook - www.bookabook.it
ISBN: 978-88-3323-131-0

Goodbye Jude

Bookabook

Cara lettrice, caro lettore,

il libro che hai tra le mani non è solo un'ottima lettura.

È un libro che è stato scelto con cura, due volte.

La prima dai nostri editor, che danno un giudizio professionale sulla qualità dell'opera; la seconda dai lettori, su bookabook, che hanno sostenuto il libro pre-ordinandolo dopo aver letto l'anteprima e diventandone, in questo modo, gli editori morali.

Bookabook è un nuovo modo di vedere l'editoria e, soprattutto, il rapporto tra scrittore e lettore.

I lettori non sono più solo consumatori di un prodotto, ma si rendono parte attiva del processo editoriale.

Una volta scelto dai lettori, il libro riceve tutta la cura di cui ha bisogno: editing, revisione, progetto grafico. In seguito viene pubblicato, in cartaceo e digitale, e distribuito online e nel circuito delle librerie.

È una rivoluzione, anche se in realtà non abbiamo inventato nulla! Già nel 1850 il sociologo positivista Auguste Comte realizzava i suoi scritti attraverso il sostegno dei futuri lettori.

Le potenzialità della rete, la sua capacità di creare comunità mettendo in contatto tra loro persone vicine e lontane, hanno fatto il resto.

Far parte di questa rivoluzione è semplice: puoi iniziare leggendo questo libro e, se ti piace, consigliarlo a un amico. Oppure puoi andare su bookabook, scegliere il tuo prossimo libro preferito e pre-ordinarlo con uno sconto usando il coupon “booked”.

Buona lettura!
I fondatori,
Emanuela e Tomaso

Sappiamo ciò che siamo, ma non sappiamo quello che potremmo essere.

William Shakespeare

Prologo

Finalmente eccomi qui. È un vero miracolo, ma ci sono riuscita. Occupo il mio posto e tiro un respiro di sollievo. Sento ancora il cuore battere all'impazzata per la corsa folle che ho fatto. Come possa essermi dimenticata di puntare la sveglia proprio ieri sera davvero non lo so. Non so nemmeno come abbia potuto dormire così tante ore, mentre di solito non vado oltre l'alba.

«Signorina, mi scusi. Deve allacciare la cintura di sicurezza e mettere la borsa sotto al sedile davanti a lei, ci stiamo preparando al decollo.»

«Va bene.»

Obbediente, allaccio la cintura, apro la borsa e prendo gli auricolari per ascoltare la musica. Sono eccitata ed emozionata come se dovessi partire per il giro del mondo e, mentre penso a cosa mi abbia condotta sin qui, tiro fuori il mio prezioso diario. Ho iniziato a tenerne uno qualche mese fa. Uno vero, di carta, come quello che avevo quando ero un'adolescente. Ne ho riempito le prime pagine una sera di profonda desolazione. Poi, giorno dopo giorno, mi sono resa conto che scrivere è terapeutico, così non ho più smesso.

Dopo aver riposto la borsa, mi abbandono contro lo schienale e guardo fuori dall'oblò, pronta a perdermi nell'incanto di guardare le nuvole dall'alto, giocando con me stessa a individuare forme e somiglianze. Nonostante stia per andare in un luogo sconosciuto da sola, provo una strana serenità e un senso di libertà che non avvertivo da molto tempo. Mi piace pensare a questo giorno come al primo di una nuova vita.

Apro il diario e inizio a leggere una pagina a caso. Ripercorrere gli ultimi mesi mi aiuta a dare un senso a questo viaggio. In fondo, ho deciso tutto in un raro momento di impulsività.

9 settembre

È quasi mezzanotte e sono reduce dall'ennesimo appuntamento al buio disastroso. Vorrei piangere per sfogarmi, ma non ho più lacrime. Vorrei riderci sopra, ma ho esaurito anche la capacità di ironizzare sulle mie disavventure sentimentali. Comunque, giuro che non mi metterò mai più in ghingheri per cadere nella trappola di serate o cene organizzate da amici volenterosi, ma incapaci di presentarmi un uomo degno di essere chiamato tale. Da questo momento, e per il resto dei miei giorni, rimarrò in casa sepolta dai libri di Jane Austen e dai film con Jude Law.

Mi maledico per essermi lasciata convincere a uscire a cena con un collega di Barbara, la mia migliore amica. "Affascinante e divertente": così me lo aveva descritto. Tra noi sarebbe dovuta scoccare la magica scintilla dell'amore. In realtà, mi sono annoiata più che a un convegno di avvocati. A metà cena ho persino iniziato a sospettare che nel vino mi avessero messo del sonnifero. Tale affascinante e divertente Alberto, tra l'altro, mi ha ripetuto talmente tante volte, nel corso della cena, che lo zucchero è un alimento estremamente cancerogeno e pericoloso, che non ho nemmeno avuto il coraggio di ordinare il dessert, cosa che almeno in parte avrebbe rappresentato una consolazione. Per di più, sono stata obbligata a bere una tazza di acqua calda – desolatamente liscia, trasparente, inodore e insapore – che Alberto ha chiesto per entrambi in quanto, a suo dire, digestiva, salutare e rilassante. L'ho bevuta tutta, scottandomi persino la lingua per concludere la cena il più rapidamente possibile, dopodiché ho dichiarato di essere molto stanca e di dover proprio andare a letto. Da sola, naturalmente.

È così difficile capire che non sono interessata ad ascoltare e rincuorare un uomo depresso per aver rotto con la ragazza che avrebbe voluto sposare e con la quale avrebbe desiderato avere almeno tre figli? Sconsolata come sono, avrei bisogno di avere accanto una persona allegra ed entusiasta, non certo un uomo col quale parlare dei rispettivi guai. Forse devo dire a Barbara di non presentarmi più nessuno, perché evidentemente non ha ben chiaro ciò di cui ho bisogno.

Ovviamente con Alberto non è scattata la benché minima attrazione, d'altronde così è stato anche con gli ultimi nove – dieci? Undici? – uomini con cui sono uscita da gennaio a oggi, e siamo a settembre. L'unica cosa positiva di questo ultimo anno è che ho finalmente compreso alcune fondamentali e imprescindibili regole, che mi devo imporre di tenere sempre bene a mente.

1) Gli opposti si attraggono, ma altrettanto rapidamente si respingono causando violenti litigi.

2) La sindrome della crocerossina determinata a salvare l'uomo bello e dannato è una pulsione masochistica e autodistruttiva, perché quel genere di uomo è estremamente felice di esserlo e non ha nessuna intenzione di redimersi.

3) L'illusione che l'eterno Don Giovanni-Peter Pan, che ha conquistato milioni di donne senza essersi mai innamorato di nessuna di loro, imparerà ad amare proprio noi è un miraggio ingannevole e illusorio perché presto o tardi – più presto che tardi – il suddetto individuo ci tradirà con l'ennesima femmina pronta a cadere ai suoi piedi.

4) Il ragazzo che non ci cerca e non ci richiama dopo una o due serate trascorse insieme non è timido e insicuro, ma semplicemente non interessato, ragion per cui è senz'altro più dignitoso lasciarlo andare.

5) L'uomo che dichiara che al momento deve pensare soprattutto al lavoro e alla carriera non ha voglia di impegnarsi, quantomeno con noi.

Detto questo, sono giunta alla conclusione che trovare il vero, grande amore della vita sia un po' come vincere al Superenalotto.

Non voglio neppure pensare che presto sarà il mio compleanno. Trent'anni. Visualizzare il 3 seguito dallo 0 mi fa venire la pelle d'oca. Dicono tutti che dovrei festeggiare, che è una data importante, una svolta che nella vita di ognuno segna il passaggio dalla gioventù all'età adulta. Ma chi ha voglia di festeggiare, e cosa? Un'insignificante vita da single? Ormai sono sette anni che faccio l'avvocato e sento che sto per impazzire. Negli ultimi tempi mi capita di osservare le mie colleghe con più attenzione: rigorosamente single, sono donne in carriera che dedicano tutte le loro energie al prestigio dello studio legale. Niente orari, niente vita privata. Invecchiano senza nemmeno accorgersene. Quando penso che rappresentano il mio futuro, mi si gela il sangue nelle vene.

Non ho una storia d'amore da ormai sei anni, sempre che la mia ultima e folle passione durata solo pochi mesi possa ritenersi una vera relazione. Era uno splendido esemplare di maschio, sensuale e muscoloso, conosciuto in vacanza ai Caraibi. Lui di New York, io di Milano. Fu una passione infuocata per quindici giorni, seguita da scambi di e-mail e telefonate sdolcinate per alcune settimane. Poi ci furono meravigliose vacanze di Natale trascorse insieme nel Nord Italia, seguite da un Capodanno a Venezia, come tradizione romantica vuole. Poi di nuovo e-mail e telefonate ancora più appassionate, vacanze di Pasqua a New York e, all'improvviso, la tragica e inspiegabile fine di tutto: fidanzamento ufficiale con una ragazza dei tempi del college per lui, mesi di lacrime e un cuore frantumato per me. Infine, siccome il tempo cura tutte le ferite, o quasi, il ritorno a una vita più o meno normale. Di lui nessuna notizia da allora. Ogni tanto essermi rifiutata di aderire a qualunque social network non si rivela poi una cattiva idea, perché sono sicura che sarei tentata di curiosare nell'esistenza di persone che non ho mai dimenticato, ma che non fanno più parte della mia vita. Perciò non ho idea di come sia andato quel fidanzamento, ed è meglio così. Bando alla nostalgia, che è l'ultima cosa di cui ho bisogno in questo momento.

18 settembre

Il risveglio del lunedì è sempre il più traumatico, perché l'inizio della settimana lavorativa non mi esalta neanche un po'. L'unica nota gradevole sono i miei colleghi di stanza: che fortuna dividerla con loro tre. Sono davvero simpatici. Mi diverto troppo a sparlare dei capi con loro, quelle poche volte in cui la mole di lavoro ci consente di trascorrere la pausa pranzo insieme. L'ultima collaboratrice del socio senior – il quale passa le giornate urlando come un invasato per poi sorridere un attimo dopo davanti ai clienti più prestigiosi – se ne è andata il mese scorso in preda a un grave esaurimento nervoso. Era talmente stressata e oberata di pratiche, che da mesi nascondeva più della metà dei fascicoli che le venivano assegnati in grossi sacchi della spazzatura. Ovviamente, ora tocca a noi superstiti risolvere questo disastro.

Costretta ad affrontare un'intensa giornata di lavoro, smetto di pensare a qualunque altra cosa. Soprattutto alla mia inesistente vita sentimentale.

22 settembre

Finalmente è venerdì. Tiro un respiro di sollievo, perché questa settimana è stata a dir poco estenuante: decine di contratti da rivedere e tradurre. Sto pregustando l'uscita dall'ufficio quando mi sento chiamare da Michele.

«Senti Eleonora, ti passo a prendere alle otto così andiamo insieme.»

«Andiamo insieme dove? Abbiamo forse un appuntamento... questa sera... noi due? Sai che ti adoro, ma ti ricordo che sei fidanzatissimo!»

«Ahahah... davvero non ti ricordi del nostro impegno?»

«Se hai intenzione di presentarmi qualcuno la risposta è NO. Dopo l'ultima esperienza, ho giurato a me stessa che non mi farò più presentare nessun soggetto di sesso maschile da chicchessia.»

«Veramente sto parlando della cena dell'ufficio organizzata dal grande capo. Ristorante... vent'anni dello studio... ti dice niente?»

«Oh cavolo, me ne sono del tutto dimenticata. È proprio necessaria la mia presenza?»

«Certo che sì! Vado a casa a fare una doccia. Preparati, passo a prenderti alle otto.»

Michele è un vero tesoro, peccato che sia fidanzato. L'unica cosa che mi consola è che questa sera nessuno potrà impedirmi di prendere il dessert, nemmeno Veronesi in persona.

Dopo due ore di falsi convenevoli arriviamo miracolosamente al dolce (non vedevo l'ora!), ma il Grande

Capo si alza in piedi per un brindisi e per il discorso finale. Tutto sommato, sono curiosa. Mi rivolgo a Michele, che è seduto al mio fianco. «Secondo te possiamo sperare in un aumento di stipendio? Io mi accontenterei anche di un piccolo bonus.»

«Fossi in te non ci conterei troppo, sai che il capo è terribilmente taccagno. Comunque, non mettiamo limiti alla provvidenza e vediamo di cosa si tratta.»

Il Capo, con il suo fare tronfio, consegna a ognuno di noi una piccola scatola. Incuriositi solleviamo i coperchi e appena vedo il "regalo" non riesco a trattenere una risata. Questo è davvero il colmo. Una cravatta per gli uomini e un foulard per le donne, con ricamate sopra le iniziali del nome dello studio (che sono le stesse dell'amato titolare). Osservo i miei colleghi scambiarsi un'occhiata perplessa, ad eccezione di Michele, che ha nascosto il viso tra le mani per non far vedere che sta ridendo come un pazzo. La cosa terrificante è che saremo tutti costretti a indossare questo orribile indumento ogni singolo giorno della settimana, premurandoci di lavarlo e stirarlo nel week-end per metterlo il lunedì successivo. Sembreremo una squadra di hostess e steward! E io che pensavo di aver scelto una libera professione.

«Mia cara Eleonora, sei felice del regalo?» Michele si rivolge a me, facendomi l'occhiolino mentre continua a sghignazzare.

«Non fare lo spiritoso! Ma ti rendi conto che questo tipo ci tratta in tutto e per tutto come una sua proprietà? Altro che professionisti liberi e autonomi.»

«Su, su, non ti lamentare. Lo sai che abbiamo un

capo molto egocentrico. Non siamo altro che il suo piccolo esercito di sottoposti.»

«Secondo te lo fa apposta per farci un dispetto e umiliarci?»

Michele annuisce, ridendo. Beato lui che riesce a trovare la situazione divertente. Io invece sto davvero iniziando a disprezzare la categoria, e sono sempre più convinta che dovrebbe esistere un sindacato per gli avvocati alle dipendenze dei grandi studi legali. Ovviamente, la voglia di ordinare quella meravigliosa *tarte tatin* che avevo adocchiato appena entrata nel ristorante mi è passata del tutto.

«Come invidio la tua capacità di farti scivolare tutto addosso.»

«Sto solo cercando di sdrammatizzare per non rendere la situazione davvero insopportabile. Dovresti cercare di farlo anche tu, almeno te ne faresti una ragione.»

«Grazie del consiglio, ci proverò.» In realtà so benissimo di non esserne capace.

Il mio livello di disperazione e stanchezza a fine serata è tale che posso solo pensare di tornare a casa, ubriacarmi e rivedere per la milionesima volta *Alfie*, così mi distrarrò dalla sensazione di essere l'unica persona infelice e sola sulla faccia della terra. Saluto i colleghi, prendo un taxi e torno nel mio appartamento triste e vuoto.

Mi sdraio sul divano letto con un bicchiere di Lagavulin (se non mi ubriaco questa sera, non ci riuscirò mai più) e faccio partire il film, anche se è già l'una di notte. La voce di Mick Jagger che canta *Old Habits Die Hard* è malinconica, ma appena appare sullo schermo il meraviglioso viso scanzonato di Alfie, ogni cosa, o quasi, torna al suo posto. So che per due ore sarò felice, ed è una sensazione estremamente piacevole e rassicurante. Ti ringrazio, caro Jude, di far parte di questo mondo. Quando ti guardo, penso che l'uomo dei sogni di tutte noi esiste davvero, e ritrovo la speranza.

«Amore, sei pronta? Ho prenotato un tavolo al ristorante sul mare per le otto e trenta, abbiamo solo mezz'ora.»

La voce è quella del mio adorato Jude, che mentre parla bussa piano alla porta e fa capolino con un sorriso timido. Io sono pigramente e mollemente sdraiata in una meravigliosa vasca da bagno di travertino, piena fino all'orlo di acqua calda con una schiuma soffice e profumata. Guardo l'orologio e vedo che sono le otto, effettivamente devo uscire subito dalla vasca per prepararmi. Mi alzo, indosso un accappatoio di morbida spugna, mi spalmo la crema per il corpo e asciugo i capelli. Sono lunghi e biondi con dei riflessi ambrati e un taglio spettacolare, bastano pochi colpi di fon e sembro uscita dal parrucchiere. Metto del mascara blu per esaltare l'azzurro dei miei occhi e un velo di rossetto delicato per dare luce alle mie labbra perfette. Sul naso piccolo e diritto sono comparse delle deliziose lentiggini grazie al sole di questo pomeriggio. Non mi sono mai sentita così bella prima d'ora.

Esco dal bagno e vedo che Jude si sta vestendo, pantaloni neri e camicia bianca. La stanza è enorme:

moquette soffice color panna, un grande letto matrimoniale con lenzuola di raso grigio e due vetrate da cui è possibile godere il panorama di un viale alberato che sembra scivolare direttamente nel mare. Decido di indossare un abito blu senza spalline e dei sandali di glitter dorati. Jude mi abbraccia e mi dà un bacio lungo e intenso.

«Vieni, amore mio, dobbiamo andare. Sai che non mi piace arrivare in ritardo.» La sua voce è vellutata, ma dal tono capisco che è impaziente.

«Sono pronta, devo solo prendere la borsa.»

Percorriamo il corridoio dell'albergo mano nella mano sino all'ascensore di cristallo che è già al nostro piano. Appena le porte si chiudono, Jude mi bacia appassionatamente, tanto che quando si riaprono mi sento accaldata e frastornata. Mi prende nuovamente per mano, usciamo dall'hotel e percorriamo il viale di pini marittimi. La sensazione della mia mano nella sua è estremamente piacevole, eccitante e rassicurante allo stesso tempo. L'aria è fresca e gradevole, e nel cielo stellato brilla uno spicchio di luna. Dopo pochi minuti di cammino ci ritroviamo su una terrazza a picco sul mare, le cui onde s'infrangono sonoramente contro gli scogli. Non facciamo nemmeno in tempo a entrare che un cameriere in smoking bianco ci accoglie con molto garbo e ci accompagna al tavolo. Ci sediamo e Jude ordina dello champagne mentre io lo fisso estasiata con occhi pieni d'amore. Dopo aver ordinato inizia a parlare.

«Non vedo l'ora che le riprese di *Alfie* si concludano. Non sopporto più tutti quei fotografi perennemente in agguato fuori dal set per rubare qualche scatto compromettente o scandaloso di noi due insieme.»

«Devi imparare a non curarti dei fotografi e dei giornalisti, è il prezzo che paghiamo per la celebrità ed è meglio rimanere indifferenti.»

«Hai ragione, ho solo bisogno di una tregua e di stare da solo con te più tempo possibile.»

Ceniamo e chiacchieriamo piacevolmente, Jude è affettuoso, ride di gusto alle mie battute e sembra veramente innamorato di me. La cosa mi fa ubriacare di felicità e mi induce a confessargli che lo amo pazzamente.

«Anch'io ti amo.» Subito dopo estrae dalla tasca una piccola scatola di velluto rosso che posa davanti a me. La prendo con mani tremanti e la apro: dentro trovo un anello di brillanti con al centro uno zaffiro tagliato a cuore. Jude dice che quando l'ha visto ha pensato a me perché lo zaffiro ha lo stesso colore dei miei occhi. Lo indosso ed è perfetto. Non sono mai stata più felice in vita mia, sento il cuore esplodere per l'emozione mentre lui mi bacia la mano e mi sorride dolcemente.

Alle undici mi propone di tornare in camera. Camminiamo lentamente verso l'hotel assaporando la brezza tiepida e il profumo dei pini marittimi. Non appena chiudiamo la porta della stanza alle nostre spalle, una luce accecante mi colpisce in volto. Mi guardo attorno e d'un tratto mi rendo conto di dove sono e di chi sono: non Sienna Miller, ma Eleonora. Ieri sera devo essermi dimenticata di chiudere le persiane e ora, nonostante siano solo le sei di mattina, nella mia stanza entra un sole caldo e abbagliante come se fosse mezzogiorno a Mykonos. Ho dormito pochissime ore e ho bevuto almeno tre bicchieri di whisky, per cui sono a dir poco sconvolta. In realtà lo sono ancora di più perché mi rendo conto che era tutto un sogno, un meraviglioso sogno incantato. La realtà purtroppo è ben più amara. Ho un mal di testa tremendo ed è sabato, giorno estremamente deprimente visto che sono sola e senza programmi allettanti.

Meglio fare una doccia per schiarirmi le idee. Sarei più dell'umore da vasca da bagno, ma nel mio minuscolo appartamento esiste solo la doccia ed è già un miracolo, perché il bagno è più piccolo di quello di una barca a vela.

Mentre sento l'acqua bollente scorrere sulla pelle, realizzo che ormai sono felice soltanto nel mondo dei sogni, il che mi fa pensare di aver sbagliato proprio tutto nella vita. La città in cui vivo, Milano, mi piace sempre meno. È troppo grigia, arrabbiata, caotica e costosa per i miei gusti. Forse dovrei trasferirmi a Verona, la città di Romeo e Giulietta, magari lì riuscirei finalmente a trovare il mio Romeo.

Devo davvero dare un senso alla mia esistenza, ci sono troppe cose incompiute che mi ostino a ignorare. Idee mai realizzate, sogni in cui diventa sempre più difficile credere, speranze quasi abbandonate. So che devo dare una svolta alla mia vita e che non posso più aspettare. Dopo sarebbe troppo tardi e me ne pentirei sicuramente.

12 ottobre

Giorno dopo giorno continuo a ripetermi che devo cambiare qualcosa, ma non so davvero da che parte cominciare. Casa? Lavoro? Città? Ho appena letto un articolo sul Feng Shui, millenaria teoria orientale sull'ordine delle cose, che devono essere in armonia con le energie della terra. Si dice che se ci rendiamo conto di non avere sufficiente determinazione e convinzione, forse c'è qualcosa che non va bene nell'ambiente che ci circonda. Che sia questo il mio problema?

Munita di bussola, metro, carta millimetrata e goniometro, studio e approfondisco l'argomento. Così scopro con orrore che la mia scrivania, in ufficio, è orientata nella direzione peggiore, quella della rovina personale. Disperata, convinco Michele a fare cambio di postazione. Anche sul fronte casa scopro che le direzioni di maggior auspicio sono proprio quelle mancanti, in quanto occupate dall'ascensore e dalle scale di sicurezza. Forse devo davvero iniziare a prendere in seria considerazione l'ipotesi di cambiare abitazione.

Nei manuali trovo però alcuni suggerimenti per porre rimedio alla situazione. L'acqua pare essere un vero toccasana. Posso scegliere tra un acquario con nove pesci o una tartaruga, una boccia con un rigoglioso fior di loto o una fontana da appartamento in miniatura. Inizio immediatamente la ricerca, ma, ahimè, non riesco a trovare neanche un fior di loto. Vado quindi di corsa in un negozio di pesci e acquari. Il locale è un corridoio lunghissimo, stretto e cieco, privo di finestre, tappezzato da vasche di pesci di varie dimensioni e colori. Scopro che la manutenzione di questi animali è molto più complicata di quanto avessi immaginato. Oltretutto, le povere bestiole prigioniere mi fanno anche molta pena. Mentre il ragazzo del negozio continua a parlare, inizia a girarmi la testa e a mancarmi l'aria come se fossi rinchiusa in uno sgabuzzino. Mi sento svenire e provo l'irrefrenabile impulso di scappare il più in fretta possibile da questo luogo angosciante e claustrofobico. Invento una scusa ed esco di corsa dal negozio. Abbandono l'idea dell'acquario e mi rassegno ad acquistare una piccola fontana che, come da manuale, colloco nel lato nord del mio minuscolo appartamento.

Ora non mi resta che attendere che avvenga un miracolo e che la mia vita finalmente si trasformi in qualcosa di meraviglioso e sorprendente.

9 novembre

Il giorno che tanto temevo è arrivato. Non sono più una ventenne, e anche se è vero che i numeri sono soltanto numeri, la cosa mi fa un certo effetto. Trent'anni. Ovviamente ho ancora tutta la vita davanti a me, ma vorrei riuscire quantomeno a credere che il sentiero che sto percorrendo sia quello giusto. In realtà, la sensazione che provo in questo momento è completamente diversa. Mi sembra di procedere lungo una strada in cui mi sono trovata per un insieme di circostanze e coincidenze assolutamente casuali, e non per averla deliberatamente scelta.

Ho scartato qualsiasi ipotesi di festeggiamento perché non sono dell'umore adatto. Mi accontento di trascorrere una serata tranquilla con Barbara. Da vera amica, mi ha detto di non pensare a nulla. Ha prenotato un tavolo per noi due in un ristorante carino dove non sono mai stata.

Sento suonare il citofono, sarà lei.

«Chi è?»

«Barbara. Devo salire o sei già pronta?»

«Arrivo subito.»

Prendo la borsa ed esco di casa.

«Ciao, come stai?»

«Ciao tesoro. Tu, piuttosto, come stai in questo giorno così speciale?»

«Bene.» Lo dico poco convinta, ma mi sforzo di sorridere perché non voglio rovinare la serata a entrambe.

«Dobbiamo andare, altrimenti arriveremo in ritardo.»

«Andiamo pure con calma, tanto i ristoratori sono abituati ai clienti ritardatari.»

«Sì, ma noi non dobbiamo andare al ristorante.» Mentre lo dice, Barbara mi guarda con un sorrisetto troppo furbo.

«Come no? Ti prego, nessuno scherzo tipo feste a sorpresa o cose del genere. Non sono proprio dell'umore adatto, lo sai.»

«Non preoccuparti. Saremo solo noi due... e vedrai che ti piacerà!»

Mi prende per mano e mi trascina verso un taxi che ci sta aspettando.

«Ma non avevi detto che saremmo andate a piedi?»

«Ho cambiato programma, comunque stai tranquilla: di me ti puoi fidare.»

Sono molto in ansia perché non amo le sorprese. Vorrei sapere cosa ci attende, ma Barbara pare decisa a non rivelarmi nulla.

Dopo un breve tragitto ci fermiamo davanti a un cinema. Sono sempre più perplessa.

«Andiamo a vedere un film?»

«Proprio così!»

Entriamo e Barbara si dirige decisa al botteghino, dove viene accolta da un giovane ragazzo che, dopo aver consultato un'agenda, ci rivolge un sorriso smagliante. Veniamo condotte in una sala piccola e lussuosa con splendide poltrone di pelle bianca, che hanno l'aria di essere molto comode e avvolgenti. Sembra quasi un privé.

«Prego, accomodatevi. La proiezione inizierà tra poco.»

Nella sala è stato anche allestito un piccolo rinfresco, con una bottiglia di champagne e stuzzichini dall'aspetto molto invitante.

«Vieni, brindiamo al tuo compleanno in attesa che inizi lo spettacolo.»

«Giusto per curiosità, che film guarderemo?»

«Ovviamente uno con il tuo attore preferito! In anteprima, visto che non è ancora uscito nelle sale cinematografiche...»

«Davvero?!»

Finalmente rilassata, scelgo una poltrona centrale e mi preparo alla visione.

Le luci si spengono e sullo schermo, fra i titoli di

testa, compaiono i nomi di Jude Law e Colin Firth. Ora capisco... assisteremo alla proiezione in anteprima di *Genius*, il film che racconta la storia di Thomas Wolfe e del quale, nell'attesa che uscisse, ho letto praticamente tutto.

«Ma Barbara, hai avuto un'idea meravigliosa, grazie!» La guardo con occhi pieni di gratitudine e l'abbraccio con affetto.

Barbara è riuscita a rendere questo compleanno davvero speciale: sala-cinema tutta per noi con comode poltrone dove ci si può persino sdraiare, champagne e stuzzichini, film in anteprima in lingua originale che possiamo commentare senza preoccuparci che qualcuno ci dica di tacere, ma soprattutto la certezza di poter contare su un'amica – la migliore del mondo – che sarà sempre al mio fianco.

Un pensiero fulmineo attraversa la mia mente. Ho riposto troppe speranze e aspettative nella ricerca del vero e grande amore, ma non è detto che io sia destinata a trovarlo. In fondo, l'amore romantico e passionale non è l'unica cosa capace di dare un senso alla nostra esistenza, anzi, a volte è fonte più di sofferenza che di felicità. Sapere, invece, di poter contare sull'affetto e sull'amicizia di persone che mi conoscono e mi amano per come sono realmente è ciò che davvero conta.

30 novembre

Ho appena compiuto trent'anni e, nonostante i rimedi Feng Shui adottati con grande precisione e scrupolo, tutto è tale e quale a prima. A parte un film di Jude in più da collezionare, nulla è cambiato. Ma non potrà essere così ancora per molto, vero?

Jane Austen ha detto che l'immaginazione femminile è troppo veloce, perché dall'ammirazione passa all'amore e dall'amore al matrimonio in un momento solo. Mi sono accorta, però, che l'immaginazione gioca brutti scherzi anche agli uomini. Nella stessa settimana ho ricevuto ben due proposte di matrimonio!

La prima è arrivata come un fulmine a ciel sereno dal mio grande amore di gioventù, completamente fuori di testa adesso come allora. È vero che a suo tempo, quando avevamo solo ventun anni, ci siamo amati follemente e appassionatamente, ma ora nessuna donna assennata potrebbe prendere in seria considerazione l'idea di sposarlo.

La seconda l'ho ricevuta da un ragazzo più giovane di me, conosciuto in discoteca a Santa Margherita e frequentato per qualche mese qui a Milano. Una buona chimica, ma nessun – e dico nessun – interesse in comune. Non ho nemmeno mai avuto il coraggio di dirgli di usare un deodorante più efficace, cosa che non mi sembra fra le premesse migliori per un matrimonio.

Ad ogni modo, entrambi si sono presentati, per una misteriosa coincidenza, a distanza di pochi giorni l'uno dall'altro, dichiarando che vorrebbero me, proprio me, come madre ideale dei figli che sono pronti ad avere. Niente di più irrealistico poiché, a essere sincera, credo e temo di non avere il benché minimo istinto materno. Quando vedo un neonato mi allontano per timore che mi chiedano se voglio prenderlo in braccio, visto che davvero non saprei come fare, e quando ci sono dei bambini piccoli non mi viene per nulla spontaneo scherzare con loro o farli giocare.

A parte essere lusingata per le due proposte, che ovviamente ho rifiutato, mi ritrovo come al solito sola, con il tragico timore che una congiunzione astrale così eccezionalmente favorevole non si ripresenti mai più.

3 marzo

Ormai è primavera e i mesi invernali sono scivolati senza eventi degni di nota. La sensazione sgradevole è data dal fatto che alla domanda "cosa ho fatto di significativo in questo ultimo anno di vita?" non trovo risposta. Ho sicuramente lavorato tanto, direi tantissimo, senza particolari gratificazioni o soddisfazioni. Non ho incontrato nessuna persona talmente speciale da stravolgere la mia vita e tutti iniziano a parlare delle vacanze estive. Alcuni amici mi hanno proposto di andare in vacanza a Ibiza, ma non mi sento davvero dello spirito adatto per stare in un luogo pieno di ragazzi scatenati e festosi.

È sabato sera e sono rimasta a casa. Non ho più voglia di andare in locali affollati di scapoli impenitenti a caccia di avventure, preferisco di gran lunga guardare per l'ennesima volta *L'amore non va in vacanza*.

Rivedendo il film, ho anche pensato che per le ferie estive potrei optare per uno scambio di casa. Mi sono messa a curiosare tra i cottage inglesi, perché il mio pensiero è subito andato al meraviglioso Graham-Jude. Giuro che sarei disponibile anche a un repentino trasferimento, se quel Graham mi facesse proprio quella dichiarazione d'amore: "Sono innamorato di te. Perdona la brutale dichiarazione, ma... per quanto problematica questa storia possa essere, mi sono innamorato... di te. E non provo questo perché stai per partire, né perché mi piace sentirmi così! Anzi, in realtà non mi piace o non mi piaceva prima che tu parlassi. Non so capire la logica di questa cosa, io so solo... che ti amo. È incredibile quante volte lo sto dicendo".

Sempre più persuasa che lo scambio di casa sia la migliore opzione per le vacanze, passo intere serate a visitare i siti dedicati all'*home exchange* e trovo qualche cottage davvero invitante. Uno in particolare, situato nel Surrey, attira la mia attenzione: cucina, dispensa, sala e un piccolo bagno al piano terra, camera da letto, bagno e studio al primo piano, il tutto con un delizioso giardino pieno di fiori e un piccolo orto. Sembra una location perfetta per una vacanza di relax e meditazione. Su Google Maps cerco il Surrey e vedo che il paese del cottage non è molto lontano da Londra, sembra proprio l'ideale. Allontanandomi da qui, potrei effettivamente capire cosa voglio fare della mia vita. Mi chiedo soltanto se il mio minuscolo appartamento nel centro di Milano possa reggere lo scambio. Non mi resta che mandare un'e-mail al proprietario di casa per scoprirlo. Finalmente, mi torna utile il fatto di essere costretta a parlare inglese così spesso in ufficio.

Buongiorno,
mi chiamo Eleonora, ho trent'anni e sono interessata all'annuncio dello Skylark Cottage. Offro in cambio un piccolo appartamento nel centro storico di Milano.
La zona è molto centrale e ben servita, ma allo stesso tempo tranquilla e silenziosa.
La mia casa è perfetta per una persona sola, al massimo per una coppia.
Il periodo in cui potrei fare lo scambio è il mese di agosto.
Resto in attesa di un gentile riscontro.
Con i migliori saluti,
Eleonora

Allego delle fotografie della zona in cui abito, che obiettivamente è una delle più belle della città, e del mio appartamento. Dopodiché schiaccio il tasto invio per non pensarci troppo.

Per diversi giorni non ricevo risposta, quindi inizio a temere che quel bellissimo cottage non sia più disponibile e il mio umore scende direttamente sotto terra. Poi, sabato sera, finalmente un'e-mail.

Ciao Eleonora,
ho visto le foto del tuo appartamento e sono sinceramente interessato allo scambio.
Non sono mai stato a Milano e mi sembra una base perfetta per visitare molte città in Italia.
Ho guardato i voli, potrei arrivare il 7 agosto e ripartire il 21 o 22. Non devi preoccuparti per le dimensioni della tua casa, perché viaggio da solo.

Attendo una tua conferma per prendere i biglietti dell'aereo.
Saluti,
Charles

Leggo più volte l'e-mail in preda all'eccitazione. Poi penso che è meglio rispondere immediatamente, prima che questo Charles cambi idea.

Gentilissimo Charles,
il 7 agosto è perfetto anche per me. Fammi sapere se hai bisogno di informazioni pratiche o suggerimenti per la tua vacanza in Italia.
Ti ringrazio moltissimo e ti auguro una buona serata.
Eleonora

Andata! Altro che agire d'impulso... Vorrei soltanto che fosse già il 7 agosto.

1

Surrey

•••••••

7 agosto

Arrivare a destinazione è stato più facile del previsto. Il cielo è coperto da nuvole bianche e innocue, la temperatura è decisamente più bassa di quella di Milano e la cosa non mi dispiace. Il caldo afoso delle ultime settimane mi ha veramente provata, sia fisicamente sia mentalmente.

Questi luoghi mi fanno venire in mente le fiabe di Beatrix Potter che mi leggeva la mamma quando ero piccola. Ricordo che ogni volta avevo una gran paura che il signor McGregor potesse fare del male al piccolo coniglietto, eppure insistevo perché mi leggesse la stessa storia tutte le sere. Era estremamente rassicurante, dopo la paura, scoprire che Peter Coniglio l'avrebbe fatta franca.

Individuo facilmente il pub del paese e vado diretta dal barista, che mi consegna una chiave ottocentesca molto lunga.

«Mi scusi, la stazione dei taxi è qui vicino?»

Il barista mi scruta perplesso. «Veramente l'unico taxista del paese è mio fratello, se vuole lo chiamo. Ma il cottage di Charles non è lontano, può andare tranquillamente a piedi.»

Osservo la valigia, che mi appare estremamente pesante, e scarto immediatamente l'idea di trascinarla per qualche viottolo sterrato nel bel mezzo della campagna inglese.

«Meglio il taxi, non vorrei perdermi per strada. Sa, io non ho un gran senso dell'orientamento!»

Il barista scoppia a ridere e si mette al telefono, scuotendo la testa.

«Pochi minuti e il taxi è qui. Be', le auguro una buona vacanza e... mi raccomando, non si perda in questa landa desolata.»

In pochi minuti arriviamo a destinazione e rimango letteralmente a bocca aperta. Il luogo sembra incantato. Le fotografie dell'annuncio non rendevano giustizia al cottage, che è delizioso. Percorro con estrema lentezza il vialetto che conduce all'ingresso, circondata da cespugli di rose in fiore. Apro il portoncino e mi trovo di fronte un esserino peloso perplesso e guardingo. Mi ero completamente dimenticata che Charles ha un cane e che ho accettato di prendermene cura. Resto immobile e muta davanti a lui, che inizia ad annusarmi con grande scrupolo mentre io lo osservo divertita.

È quasi tutto bianco, ad eccezione di una macchia nera e marrone sul fianco destro e del muso marrone con focature nere. I grandi occhi scuri sembrano truccati con l'eyeliner e sono estremamente intelligenti ed espressivi. Finalmente, dopo diversi minuti, si mette a scodinzolare girandomi attorno festoso.

«Allora possiamo essere amici? Sei davvero un bellissimo cane, vediamo un po' come ti chiami.» Faccio scorrere il collare tra le dita per trovare la medaglietta. «Caspita, sei un Mr. Darcy!» L'idea che il signor Darcy si sia materializzato per me nelle vesti di un cane mi fa proprio sorridere.

Entro in casa e porto le valigie di sopra. Mi guardo attorno con un certo stupore, perché l'interno è molto più moderno di quello che mi aspettavo. Porte e finestre bianche, pareti grigie e pavimento a listoni di rovere, tutto è estremamente ordinato e accogliente, maschile e di buon gusto. Ci sono libri ovunque e noto che Charles ha vuotato completamente il suo armadio per me. È stato premuroso. In camera c'è un letto matrimoniale, con lenzuola nei toni del grigio, di fianco a un piccolo camino. Dalla finestra della stanza si gode un panorama meraviglioso su colline e prati con pecore al pascolo. Il bagno è in pietra grigia con una grande vasca bianca ovale. Nessun oggetto personale, ad eccezione di una bottiglia di profumo da uomo con un condottiero a cavallo.

Se ripenso al mio appartamento di Milano avvampo, non è assolutamente paragonabile a questo cottage, e anche se è in pieno centro in una delle zone più belle della città, al confronto mi sembra misero e privo di personalità. Penso con disgusto a quell'orrenda moquette bordeaux messa dal precedente inquilino che non mi sono mai decisa a sostituire, e mi viene quasi la nausea. Per non parlare degli specchi che rivestono le ante dell'armadio, e del soffitto, creando l'effetto di una squallida *garçonnière*. Povero Charles... questa sera devo assolutamente scrivergli.

Curioso qua e là alla ricerca di una fotografia per dare un volto al proprietario di casa, ma non trovo nulla. Ci sono diverse cornici con scatti in bianco e nero, ma sono per lo più paesaggistiche, senza volti.

La cucina è piccola ma ben attrezzata. Apro il frigorifero e noto che contiene un po' di tutto, anche frutta fresca e verdura. Provo un vago senso di colpa, realizzando che a me non è proprio venuto in mente di lasciare delle scorte alimentari.

Con la sensazione, anzi la certezza, di incarnare il contrario della perfetta donna di casa, inizio a temere che Charles si faccia una pessima opinione di me e che si penta di aver accettato questo scambio. L'unico gesto di accoglienza che sono riuscita a concepire è stato quello di lasciargli due sintetiche righe di benvenuto con un biglietto per una visita al Cenacolo Vinciano, vicinissimo a casa mia.

L'e-mail di scuse diventa nella mia mente sempre più lunga e imbarazzante. È evidente che Charles ama la sua casa e il posto in cui vive, ed è altrettanto evidente che per me non è così. Cerco di autogiustificarmi pensando che è la prima volta che faccio uno scambio di casa, ma in realtà non ho scuse per la mia totale mancanza di sensibilità.

E ora? Mi abbandono sul divano e mi chiedo cosa ne sarà di me, nella casa di un perfetto sconosciuto in Inghilterra, completamente sola. Mi attendono due settimane di isolamento e relax, era questo che volevo, no? Pensavo che mi sarebbero servite per fare chiarezza, ma ora smarrimento e malinconia si stanno insinuando dentro di me. Per fortuna Darcy mi salta immediatamente in braccio alla ricerca di coccole. Effettivamente, non sono proprio sola. Mi guarda con insistenza, fa un grugnito e poi affonda la testa nel mio grembo.

«Ma come sei bello, mio caro Darcy. Il tuo padrone ti lascia salire sul divano? O ti stai approfittando di me...» Lo accarezzo in modo meccanico e ripetitivo, il pelo è morbido e ha un buon odore, di amido di riso. Lui appoggia la testa sulle mie gambe e si addormenta. All'improvviso provo anch'io una grande stanchezza, a Charles scriverò domani.

Mi sveglio di soprassalto, dev'essere notte fonda. Vado in bagno a lavarmi i denti e per curiosità spruzzo nell'aria il profumo che ho notato quando sono arrivata. È una fragranza gradevolissima in cui riconosco delle note di muschio, ambra e betulla. Mi sembra quasi di sentire una voce lontana che mi augura la buonanotte.

8 agosto

Il tempo nel Surrey è stranamente, mi dicono in paese, splendido. Cielo azzurro, qualche nuvola candida qua e là, temperatura intorno ai 20 gradi.

Charles dev'essere un giardiniere oppure ha una gran passione per il giardinaggio. La proprietà intorno al cottage è enorme rispetto alla casa ed è curatissima. Ogni pianta o fiore è contrassegnato da un cartellino con il nome botanico scritto a mano e scopro diverse varietà di rose, peonie di vari colori, piante officinali e anche un piccolo orto. Tutte forme di vita a me completamente sconosciute! Per la prima volta nella mia vita capisco il significato dell'espressione "orto a quadretti". L'orto è un quadrato perfetto di tre metri per lato, diviso in nove sezioni, ognuna delle quali è destinata a un ortaggio diverso. Sembra un quadro meraviglioso.

Immagino che tutto ciò richieda grandi cure, ma chi se ne occuperà in queste settimane? Io non sono di certo in grado.

Nel primo giorno di vacanza decido di fare una passeggiata alla scoperta dei dintorni insieme al "mio" nuovo cane.

La campagna inglese è davvero splendida, sembra di essere in un romanzo della Austen o delle sorelle Brontë. Cammino senza meta per più di due ore lasciando vagare la mente. Riaffiorano antichi ricordi d'infanzia e di giochi all'aperto con gli amici. Trascorrevamo giornate intere ad arrampicarci sugli alberi, fingendo che fossero astronavi in partenza per la luna. Giocavamo a nascondino in un grande prato con l'erba alta quasi un metro. Correvamo a perdifiato dopo aver rubato le ciliegie del vicino e gareggiavamo in bicicletta per strade all'epoca poco frequentate.

Inizio a essere stanca, non sono più abituata all'aria di campagna. Vorrei tornare a casa, ma non ho idea di dove sono e non ho nemmeno preso il cellulare prima di uscire.

«Darcy, tu sai dove siamo, vero? Sei la mia unica speranza di ritrovare casa.»

Lui trotterella sicuro, girandosi ogni tanto verso di me per farsi seguire. Effettivamente, dopo un'ora di cammino inizio a scorgere in lontananza il cottage.

«Sei proprio un cane fantastico!»

Appena entro in casa mi rendo conto di essere affamata. Mi preparo delle uova con bacon che trovo in frigorifero e divoro tutto a gran velocità. Certo che sarebbe anche ora di scrivere la famosa e-mail a Charles.

Caro Charles,
per prima cosa devo ringraziarti!
La tua casa è deliziosa e accogliente, non avrei potuto desiderare di meglio.
Sei stato molto gentile a lasciarmi delle provviste e mi dispiace di non averci a mia volta pensato. Spero che tu non sia troppo deluso dal mio appartamento, invece. Comunque, Darcy sta bene e come mi avevi garantito è un cane adorabile. Oggi abbiamo fatto una lunga passeggiata. Mi sono persa, ma per fortuna mi ha riportato a casa.
Grazie ancora di tutto e buona vacanza in Italia,
Eleonora

Vivere nella casa di un'altra persona, perdipiù del tutto sconosciuta, è una cosa molto intima. Non posso fare a meno di guardarmi intorno. In sala ci sono tantissimi libri, alcuni di giardinaggio e botanica, e tutti

– dico tutti – i libri di uno dei miei scrittori preferiti, Ian McEwan.

Dopo aver passato in rassegna diversi titoli di vari autori a me sconosciuti scelgo *The Lost Garden*. Mi sembra perfetto per l'occasione. Trascorro tutto il pomeriggio a leggere sino a che non lo finisco. Come mia abitudine, scelgo la frase che mi è piaciuta di più e la trascrivo su un post-it da appendere da qualche parte: "Ogni storia parla di morte, ma se siamo fortunati la nostra storia di morte parla anche d'amore". Penso alle persone importanti che ho perso, e mi rendo conto che l'affetto e l'amore che ci univa è ciò che manterrà per sempre vivo il loro ricordo dentro di me. Non mi piace conservare oggetti materiali a memoria dei defunti, anzi, mi libero rapidamente di quasi tutto. Preferisco trattenere solo emozioni e ricordi delle esperienze condivise. Ecco perché faccio fatica a comprendere quando gli eredi litigano e si accaniscono per strappare agli altri parenti oggetti che spesso hanno ben poco valore. Ogni volta che si rivolgono a me per questioni di questo genere, dico loro che non ha senso litigare con i vivi per rubarsi a vicenda i beni dei morti. A quel punto, però, pensano che io non sia un bravo avvocato e si rivolgono a qualcun altro.

Ormai è calata l'oscurità, non mi resta che decidere se cenare a casa o andare in paese per mangiare qualcosa al pub. Darcy è rimasto sul divano accanto a me tutto il pomeriggio. Poi mi ricordo che qui si guida a sinistra, la strada è buia e prendere l'auto in un posto che non conosco mi sembra una pessima idea. Casa dolce casa, senza ombra di dubbio.

In dispensa trovo una confezione di pasta, chissà se è stato un pensiero premuroso di Charles. Da buona italiana e dopo un solo giorno all'estero sento già nostalgia della nostra cucina.

Darcy è seduto accanto alle sue ciotole e mi fissa con insistenza.

«Hai fame anche tu, vero?»

Divora con rapidità tutto il cibo che gli do, poi salta sulla sedia di fianco a me come per farmi compagnia mentre ceno.

Guardo le e-mail e trovo la risposta di Charles.

Ciao Eleonora,
qui a Milano tutto bene.
*Non devi scusarti di nulla, casa tua è davvero carina. Oltretutto è in una zona fantastica tra la chiesa del Cenacolo e Sant'Ambrogio. Non avrei potuto desiderare di meglio! A proposito, non so come ringraziarti per la magnifica sorpresa che mi hai fatto, perché vedere l'*Ultima Cena *è un'impresa quasi impossibile.*
Sono felice che tu stia bene nel Surrey, non c'è molto da fare (quasi nulla oserei dire 😉*), però se vuoi riposarti è l'ideale. Non esitare a scrivermi per qualunque informazione o consiglio.*
Ti auguro una buona serata,
Charles

Mentre la vasca da bagno si riempie d'acqua, spruzzo il profumo di Charles nell'aria e lascio che mi avvolga. Vorrei davvero conoscere un uomo che indossi questo profumo.

«Sono felice che ti piaccia, perché è il mio profumo.» Sembra la voce di Jude e io inizio a temere che la mia infatuazione per lui mi stia giocando brutti scherzi. Finché mi limito a sognarlo va bene, ma se inizio a sentire la sua voce durante il giorno, da sveglia, rischio di finire al manicomio.

9 agosto

Non dormivo così profondamente e intensamente da anni, qui buio e silenzio sono davvero assoluti. Al mio risveglio sento qualcosa di morbido e caldo accanto a me: Darcy! Posso dire di aver trovato un fedele compagno di vacanza. Peccato che abbia quattro zampe e che sia molto peloso. Comunque è discreto, affettuoso, mi guarda sempre con occhi dolci e adoranti e mi segue ovunque, non risponde mai male, ed è molto più perspicace di tanti umani che conosco. Non so quanti uomini potrebbero competere.

Anche oggi è una splendida giornata, io e Darcy usciamo di casa insieme per andare in paese a fare la spesa, perché le provviste che mi ha lasciato Charles non dureranno in eterno. Il centro è molto caratteristico, con una strada principale di case d'epoca, qualche negozio, una banca, un ufficio postale, il pub e un piccolo supermercato. Mi sembra di essere in un mondo irreale: il paragone con il caos e la frenesia di Milano è sconcertante. Mi chiedo, però, se riuscirei davvero a vivere in un posto così tranquillo.

Darcy si siede fuori dal supermercato in attesa che io faccia la spesa, evidentemente è abituato così.

Mentre sono in fila per pagare, la cassiera non smette di squadrarmi da capo a piedi senza celare la curiosità. Quando è il mio turno, parte all'attacco: «Buongiorno, è la prima volta che la vedo qui. È nuova?».

Non so bene cosa risponderle, magari Charles non vuole che si sappia dello scambio di casa.

«Vengo dall'Italia, ma sono qui solo di passaggio.»

Mi guarda un po' perplessa. «Di passaggio per dove?»

Bella domanda... «Di passaggio per una nuova vita.»

La cassiera scoppia a ridere pensando che abbia un gran senso dell'umorismo, mentre io penso che in un certo senso sono estremamente seria.

Torno a "casa" con Darcy che mi trotterella accanto. È una sensazione piacevole e rassicurante e mi mette stranamente di ottimo umore.

Il giardino di Charles inizia a esercitare su di me un grande fascino. Ogni volta che lo attraverso per entrare e uscire, non posso fare a meno di fermarmi a osservare l'incredibile varietà di piante e fiori presenti. A Milano non possiedo nemmeno un cactus, ma in questa casa ci sono talmente tanti libri sull'argomento che posso senz'altro imparare qualcosa. Ho sentito dire spesso che il giardinaggio è un'attività terapeutica. *Non sarà poi così difficile*, mi dico.

Esco in giardino con un manuale, munita di guanti e cesoie: mi sento pronta a imparare questa nuova arte! Dopo aver gironzolato tra le aiuole, eleggo come mia rosa preferita una certa *Lady Emma Hamilton*:

ha un indefinibile colore tra il rosa e l'arancio, con un profumo fruttato incredibile.

Il manuale per la coltivazione delle rose è a prova di stupido, quindi adattissimo a una neofita come me. Ho capito che devo tagliare le rose sfiorite per agevolare la produzione di nuovi boccioli e, grazie a ben tre disegni alquanto buffi, ho capito anche come e dove debba essere effettuato il taglio.

Ho perso la cognizione del tempo eliminando tutti i fiori che mi sembravano ormai sciupati, e ora sono percorsa da brividi di freddo. Il sole è tramontato e il fatto di aver trascorso così tante ore impegnata in un'attività manuale senza pensare a nulla mi sembra incredibile. Darcy è stato con me tutto il pomeriggio in giardino, la sua presenza è molto rassicurante e io mi sento rigenerata.

Questa sera un bel film con il mio caro Jude sarebbe l'ideale, tanto per non abbandonare le vecchie abitudini. In questa casa però ci sono moltissimi libri, ma neanche un televisore. Quasi quasi scrivo a Charles.

Caro Charles,
ogni volta che ti scrivo è per ringraziarti.
Questa volta per avermi fatto scoprire l'arte del giardinaggio: ho trascorso tutto il pomeriggio a tagliare rose sfiorite.
Ho seguito con grande precisione le istruzioni di un manuale trovato nella tua libreria. Spero non ti dispiaccia, perché ora che ci penso potrebbe sembrarti un'intrusione non autorizzata. Se hai qualcosa in con-

trario ti prego di dirmelo. Ho anche individuato la mia rosa preferita: una certa Lady Emma Hamilton.
Darcy sta benissimo ed è un ottimo antidoto contro la solitudine.
Mi auguro che anche in Italia proceda tutto nel migliore dei modi per te.
Buona serata,
Eleonora

Ore dieci e mi si chiudono gli occhi. Vado a letto.

10 agosto

Terza giornata nel Surrey e non so davvero cosa fare. Ieri sono crollata in un sonno profondo. Ho sognato, ho sognato... fiori, colline, prati, ed ero felice... Mi sono svegliata alle sette di mattina perché la luce entrava dalle finestre che mi ero dimenticata di chiudere. Comunque ho dormito nove ore di fila, cosa che non mi capitava da mesi, per non dire anni...

Eppure inizio a percepire una subdola irrequietezza, provocata dall'assenza dei ritmi frenetici a cui sono normalmente sottoposta. Qui è tutto talmente tranquillo, silenzioso e lento, che mi sembra di essere arrivata da venti giorni, non da tre. Potrei andare a Londra, ma non mi sembra molto coerente con il desiderio che provavo fino a ieri di fuggire dal caos e dalla frenesia. E se facessi una gita al vivaio di David Austin? Ho letto che gli appassionati di rose vengono da tutto il mondo per visitarlo. In fondo è soltanto a un paio di ore da qui, potrei provare a guidare l'auto di Charles.

Meglio fare colazione e pensarci bene prima. Mai agire d'impulso, o no? In questo periodo non faccio altro.

Guardo le e-mail e ne trovo due di Charles. La prima l'ha inviata alle 3 del mattino... che nottambulo!

Ciao cara,
anche per me oggi è stata una giornata fantastica. Ho camminato ancora più di ieri: 13 miglia!
Mentre cenavo nel quartiere di Brera ho conosciuto dei turisti inglesi. Sono anche loro in giro per l'Italia e domani andremo insieme a Firenze. Fantastico, vero?
Per quanto riguarda il mio giardino, sentiti libera di fare quello che vuoi – a parte dargli fuoco 😉 *– anzi ti ringrazio perché al mio rientro avrò da lavorare di meno.*
A proposito, Lady Emma *era la rosa preferita di mia moglie.*
Buonanotte e a presto,
tuo Charles

"Tuo Charles"? Forse è ubriaco, oppure ha scritto così per la forza dell'abitudine. Se *Lady Emma* era la rosa preferita di sua moglie vuol dire che è stato sposato? Il mistero s'infittisce, perché questa è indubitabilmente una casa abitata da una persona sola. Sono sempre più curiosa, ma da quando sono qui non ho scoperto granché, considerato che non ho intenzione di frugare nei cassetti o negli armadi. Ho capito che è un uomo colto e di gran gusto, che ama i cani e i fiori, ma non ho idea di quanti anni abbia e di cosa si occupi. Se cammina così tanti chilometri non può essere troppo anziano, ma se è stato sposato non può neppure essere un ragazzo. E allora? Che differenza può fare che sia giovane, di mezz'età o addirittura anziano? Nessuna. È del tutto inutile mettersi a fantasticare su di lui. Abbiamo semplicemente scambiato casa per le vacanze estive, niente di più.

La seconda e-mail è stata scritta alle 7 del mattino. Ma dorme così poco?

Ciao Eleonora,
volevo dirti che se ti sei innamorata delle mie rose, devi assolutamente andare a visitare il vivaio di David Austin. È uno dei più grandi ibridatori di rose al mondo e quelle che trovi nel mio giardino sono tutte create da lui. Si trova a un paio d'ore di macchina da casa e se te la senti di guidare la mia auto puoi fare una bellissima gita. Le chiavi sono appese alla cappelliera dell'ingresso. Vedrai che ti piacerà!

Una cosa è certa, Charles è telepatico. Il programma a questo punto è scontato: gita al vivaio Austin. In fondo con il navigatore dovrei farcela, guiderò pianissimo e con prudenza.

Quando arrivo a destinazione rimango senza parole. Gli Austin, padre e figlio, accolgono sorridenti i visitatori e sono a disposizione di chi vuole fare domande o acquisti. Hanno lo sguardo e l'aspetto di persone che amano ciò che fanno e che proprio per questo sono totalmente appagate. Sorge spontaneo il paragone con le persone dello studio in cui lavoro e, giuro, non posso fare a meno di ridere.

La visita del vivaio è entusiasmante. Ettari ed ettari di parco con ben 400 varietà diverse di rose che in questo periodo sono quasi tutte in fiore. Ho fatto centinaia di fotografie, ma nessuna potrà mai rendere giustizia alla bellezza e all'atmosfera del posto. Non avrei mai pensato che potessero esistere così tante sfumature di colore e che ogni fiore potesse avere una fragranza totalmente unica. Sento aromi di frutta, mirra, cedro, vaniglia, persino vino ed essenze che non riesco a individuare.

Per completare l'assoluta perfezione della giornata, mentre leggevo un quotidiano nel punto di ristoro ho scoperto che Jude Law sta portando in scena uno spettacolo di teatro a Londra proprio in queste settimane. Per fortuna sono riuscita a procurarmi un biglietto online per domani sera. Sto già pregustando l'idea del mio amatissimo Jude che interpreta l'*Amleto* a teatro.

Questa giornata può essere eletta come la migliore dell'anno. Sono molto orgogliosa di aver percorso 150 miglia guidando la macchina di un perfetto sconosciuto su strade mai viste. Nessuno mi ha suonato il clacson o lampeggiato i fari per la mia imbranataggine e, anzi, mi è sembrato tutto molto naturale. E pensare che quando sono in Italia mi capita di chiedermi da che lato della strada devo stare.

Dopo cena mi metto a curiosare ancora una volta nella libreria di Charles. È diventata quasi un'ossessione, mi piace l'idea di fare la sua conoscenza attraverso i libri che possiede. Fortunatamente ci sono tutte le opere di Shakespeare, così posso leggere l'*Amleto* per prepararmi allo spettacolo. Temo che il mio inglese non sia all'altezza.

La vita di Milano mi sembra talmente lontana da non essermi mai appartenuta. Dicono che non è l'uomo che conquista la terra, ma la terra che conquista l'uomo. In questo momento mi sembra un pensiero estremamente vero, perché questi luoghi mi stanno rapidamente conquistando.

Dopo un bagno caldo e rilassante trovo una nuova e-mail di Charles.

Ciao carissima,
oggi sono stato nella città più bella del mondo: Firenze... Mi sto letteralmente innamorando dell'Italia! Ponte Vecchio, la Galleria degli Uffizi, Santa Croce e poi il Giardino di Boboli, tutto meraviglioso. Anche oggi ho camminato tantissimo, ma almeno non ingrasso visto che continuo a mangiare pasta.
Mi auguro che anche per te la vacanza proceda bene.
Saluti dall'Italia!

Gli rispondo di getto.

Caro Charles,
io invece mi sto letteralmente innamorando dell'Inghilterra. Oggi ho seguito il tuo consiglio e ho visitato il vivaio di David Austin.

È un luogo meraviglioso e incantato, con colori e profumi dalle mille sfaccettature.
Naturalmente Darcy è venuto con me, e come sempre si è comportato in modo impeccabile. Considerato che Orgoglio e pregiudizio *è il mio libro preferito, il fatto che il tuo cane si chiami Darcy mi diverte un sacco. Non avevo mai avuto l'occasione di dire: «Hey, Mr. Darcy». Il bello è che appena pronuncio queste parole, lui corre veloce da me!*

Poco dopo arriva un'altra sua e-mail.

Ho ancora un'ora di treno, quindi se ti fa piacere possiamo chiacchierare un po'. Darcy era il cane che avevo regalato a mia moglie: io avrei voluto chiamarlo White Mustang, ma lei ha scelto Darcy.
Oggi a Firenze c'erano 32 gradi, cosa che mi ha sconvolto perché non sono abituato a queste temperature. Sai che sono riuscito a visitare anche l'Officina di Santa Maria Novella? Assolutamente meravigliosa.

Caspita, hai battuto un record assoluto di tour della città in un giorno solo, complimenti! Io invece ho comprato un biglietto per uno spettacolo di teatro a Londra, quindi domani andrò in città.

Preferisco non dirgli che il vero motivo che mi porta a teatro è vedere l'attore di cui sono scioccamente innamorata. Chissà che opinione si farebbe di me.

Davvero? Che splendida idea! Vai a vedere un musical?

*No, non proprio... vado a vedere l'*Amleto*, diretto da Kenneth Branagh e interpretato da Jude Law.*

*Ottima scelta! L'*Amleto *è un grande classico.*
Se può interessarti, nella mia libreria, secondo scaffale a destra, trovi tutte le opere di Shakespeare.
Puoi dargli una scorsa, così non ti perderai neanche una battuta.

Uhm uhm, secondo scaffale a destra... Il "ragazzo" non mette certamente via le cose a caso! Devo stare attenta a non spostare nulla perché di sicuro se ne accorgerebbe.

Effettivamente è proprio quello che pensavo di fare.
*Ho dato un'occhiata ai tuoi libri e quando ho trovato l'*Amleto *ho pensato la stessa cosa, quindi grazie.*

Allora ti lascio alla lettura, buona serata e sogni d'oro.
Tuo affezionatissimo Charles

"Tuo Charles", "Tuo affezionatissimo Charles"... Evidentemente è un tipo molto espansivo.

Dopo aver letto una buona parte dell'*Amleto*, la frase che decido di scrivere su un altro post-it è: "Sappiamo ciò che siamo, ma non sappiamo ciò che potremmo essere".

11 agosto

Oggi è il grande, anzi, grandissimo giorno. Prima di andare, porto Darcy a fare una passeggiata, visto che dovrà rimanere chiuso in casa per molte ore.

Non ho una meta, quindi seguo lui, che al contrario di me sembra avere sempre una direzione ben precisa in mente. Dopo mezz'ora di cammino arriviamo davanti a un piccolo cimitero, lui entra e io lo seguo. Le tombe sono costituite solo da lapidi e croci nel prato, con un'atmosfera di grande pace e serenità. Un luogo molto diverso dai nostri cimiteri monumentali. Come se fosse una tappa abituale, Darcy si ferma davanti a una lapide sulla quale è inciso solo un nome – Elizabeth –, senza date o altro. Dopo qualche istante, Darcy si rimette a trotterellare verso casa e mentre lo seguo nella mia mente si fanno strada innumerevoli domande. Ma ora ho ben altro a cui pensare!

Sono davvero molto indecisa su come vestirmi per andare a teatro. Non che Jude possa vedermi, gli attori quando sono sul palco non distinguono nessuno tra il pubblico, ma le inguaribili romantiche sperano sempre nei miracoli. Alla fine scelgo un look molto tradizionale: pantaloni neri, camicia bianca e giubbino di pelle nero. Mi trucco anche lievemente (cosa che non faccio mai) e quasi di nascosto mi metto il profumo di Charles. Ed ecco la voce a cui ormai sono abituata che mi dice: «Sei molto bella, ti auguro una buona serata».

Finalmente sono pronta! Parto con molto anticipo, perché non vorrei arrivare in ritardo allo spettacolo. In realtà non trovo molto traffico e alle cinque sono già in città. Giusto in tempo per provare l'afternoon tea, tradizione perfetta prima del teatro. Effettivamente è un'esperienza irripetibile. Appena seduta al tavolo mi portano un'alzata con mini sandwich, tramezzini, scones e biscotti squisiti. Alla fine mangio talmente tanto che spero di non addormentarmi durante lo spettacolo.

Mentre mi dirigo a piedi verso il teatro, mi rendo conto di essere emozionata come se dovessi avere un tête-à-tête con Jude. Allora mi dico ad alta voce che devo solo assistere a un suo spettacolo, insieme a non so quante altre persone. Niente di più e niente di diverso.

Appena entro nel teatro e noto che ci sono centinaia di posti tra platea, gallerie e loggione, provo un certo orgoglio per essere riuscita a prenderne uno centrale nella terza fila della platea. Evidentemente era rimasto disponibile come singolo, scartato da prenotazioni in coppia o in gruppo. Da qui vedrò benissimo.

Nel giro di un quarto d'ora il teatro si riempie, i posti liberi sono pochi e il pubblico è molto eterogeneo. Pensavo di trovare solo donne, invece ci sono soprattutto coppie di mezza età. Che sia io la sua unica fan sfegatata? Forse l'unica fan sfegatata che ha voglia di assistere all'*Amleto*.

Lo spettacolo sta per iniziare. L'allestimento e la scenografia sono molto moderni. Quando Jude entra in scena, la sua presenza riempie completamente il palco, indossa pantaloni e camicia neri e... cosa posso dire... è bellissimo, anzi di più. La sua voce è suadente, elegante e vellutata, ma estremamente intensa nelle parti più drammatiche della tragedia. Ho l'impressione che nessuno riesca a staccare gli occhi da lui.

Le tre ore dello spettacolo volano. Jude è senz'altro un grande attore e alla fine si trattiene per firmare autografi. Mi metto in fila, perché non posso certamente rinunciare a un'occasione simile. Davanti a me ci sono solo una decina di persone, e neanche tutte donne. La maggior parte del pubblico se n'è già andata.

Quando è il mio turno e arrivo di fronte a lui mi tremano le gambe. Sorrido timidamente.

«Come ti chiami?» mi chiede in inglese lasciandomi spaesata per un attimo, visto che ingenuamente mi aspettavo la voce del doppiatore a cui sono tanto abituata.

«Eleonora.»

«Sei italiana?»

«Sì.»

«Io adoro l'Italia, soprattutto Roma. Allora grazie di essere qui!»

La sua voce è morbida e carezzevole e io mi sto sciogliendo. I miei occhi sono adoranti e lui ride di gusto...

Autografa il mio biglietto, mi dà un rapido bacio sulla guancia e se ne va. Ecco perché tutte le donne cadono ai suoi piedi! Mi sembra di essere sospesa in aria, catapultata in un'altra dimensione. Esco dal teatro in uno stato di trance. Ho bisogno di risvegliarmi, se voglio ritrovare l'auto di Charles e tornare a casa. Spero che l'aria fresca della sera mi serva a riprendere i sensi.

Ancora in uno stato di sogno, mi dirigo verso il parcheggio, salgo in macchina, inserisco il navigatore e parto. Ovviamente non riesco a togliermi dalla mente il sorriso e lo sguardo scanzonato di Jude. Ho trent'anni suonati, ma mi sembra di essere un'adolescente in balìa degli ormoni.

Eccomi finalmente a casa. Appena apro la porta, Darcy mi corre incontro festoso. Effettivamente possedere un cane ha i suoi vantaggi: un'accoglienza calorosa e la sensazione che qualcuno stia aspettando proprio me. Sto iniziando a valutare seriamente l'opzione Jack Russell come animale domestico... anzi, meglio ancora, come compagno di vita. Data la mia inettitudine a trovare un partner adatto, un adorabile Jack Russell potrebbe essere perfetto!

Troppe emozioni in una sola giornata. Sono stravolta e lo stato di trance perdura, ma non resisto alla tentazione di spruzzare il profumo di Charles prima di andare a dormire. Mentre Jude mi faceva l'autografo ho cercato di capire se il suo profumo fosse proprio questo, ma non mi è sembrato. Non faccio nemmeno in tempo a pensare che potrei regalarlo al mio prossimo fidanzato, che la solita voce mi ammonisce.

«Un profumo non è sufficiente per farti amare una persona.»

«Caro Jude, sono estremamente felice che tu mi faccia compagnia nel mondo dei sogni, ma questo scherzetto di parlarmi da sveglia non mi piace poi molto!»

«Veramente il mio nome è Charles, comunque d'ora in poi me ne starò zitto. Buonanotte e sogni d'oro.»

12 agosto

Mi sveglio alle nove. Miglior notte di sempre. Ho l'impressione di aver sognato ininterrottamente per otto ore i monologhi dell'*Amleto* dello spettacolo di ieri sera, o meglio, Jude che li recitava. Ormai penso di saperli tutti a memoria.

Anche oggi c'è bel tempo, e francamente non capisco perché si lamentino tutti del clima d'oltremanica. Ho sempre sentito dire che gli inglesi parlano spesso del tempo perché il clima da loro è estremamente variabile a causa del vento costante e forte. Tutte storie... per quanto mi riguarda, mi sento baciata dalla fortuna, anzi dal sole!

Controllo le e-mail e trovo un messaggio di Charles di questa mattina.

Ciao cara,
come stai?
Ieri sono andato a Monza, ho visitato la Villa Reale e il centro della città. Qui fa sempre molto caldo, per cui stavo pensando di andare un paio di giorni al lago.
Hai qualche suggerimento da darmi?
A proposito, com'è stato lo spettacolo?

Ciao!
Qui tutto a meraviglia. Lo spettacolo mi è piaciuto moltissimo, allestimento originale e moderno e attori favolosi.
Se vuoi scappare da Milano senza allontanarti troppo, potresti andare sul Lago Maggiore e visitare le isole (Isola Bella, Isola Madre e Isola dei Pescatori).

L'Isola dei Pescatori è la mia preferita: ospita un villaggio con poche decine di abitanti che ancora oggi si occupano di pesca. Le case sono molto caratteristiche, a più piani con il tetto rosso e con lunghi balconi che servivano per far essiccare il pesce. Sull'isola c'è anche un piccolo albergo con ristorante, che si affaccia su un panorama meraviglioso. È di proprietà di un mio amico d'infanzia, se decidi di andarci di' che ti ho mandato io. Ti consiglio il riso col pesce persico. Io lo adoro.

Grazie, seguirò sicuramente i tuoi consigli.
Allora buona giornata,
Charles

Preparo uno zaino con una coperta, due panini e dell'acqua, pronta ad affrontare la brughiera. Prima di uscire scelgo un libro: *The Reinvention of Love*. Forse a causa della mia incapacità di avere una relazione sentimentale stabile e duratura e della mia inettitudine a scegliere il partner adatto, il titolo mi attrae molto. Taglio anche tre rose *Lady Emma* da portare sulla tomba della misteriosa Elizabeth.

Dopo un paio d'ore di cammino arrivo su una collina con una quercia centenaria. Stendo la coperta sul prato e inizio a leggere. Darcy esplora i dintorni senza mai scomparire dalla mia vista e di tanto in tanto ritorna da me tutto allegro, come per rassicurarmi della sua presenza. Le ore volano, il sole sta tramontando e ho quasi finito il libro.

Terzo post-it della vacanza: "Non è l'amore a fallire. Siamo noi". Ma non sono sicura di avere davvero voglia di approfondire il concetto, quanto meno in questo momento. Scavare nel mio animo potrebbe rovinare la deliziosa sensazione di pace e appagamento che provo da quando sono arrivata.

13 agosto

Sono qui ormai da una settimana e sino ad ora è stato tutto perfetto. Guardo le e-mail, Charles mi ha scritto anche oggi e la cosa mi mette di ottimo umore.

Cara Eleonora,
volevo dirti che ho seguito il tuo consiglio: sono sull'Isola dei Pescatori! Il posto è talmente incantevole che ho deciso di fermarmi a dormire nell'albergo del tuo amico. Dalla mia finestra vedo il lago e le montagne, peccato essere soli perché è un luogo decisamente romantico.
Tu invece come stai?

Caro Charles,
sono felice per te!
Anche qui procede tutto benissimo. Oggi ho fatto una splendida passeggiata con Darcy.
Seguendo lui arrivo sempre in luoghi meravigliosi.
L'altro giorno però mi ha portata in un piccolo cimitero dove si è fermato per qualche istante davanti alla tomba di una certa Elizabeth... Strano comportamento per un cane...

Appena inviata l'e-mail, me ne pento. Il disagio per aver scritto a Charles del cimitero cresce dentro di me a dismisura. Molto probabilmente è la tomba di una persona di famiglia, magari persino della moglie di Charles. A volte mi comporto in modo sciocco e impulsivo, senza valutare le conseguenze di azioni e parole. Poco dopo arriva la risposta di Charles.

Darcy era molto affezionato a Elizabeth. Ecco perché va a trovarla. Ora ti saluto.

Vago per casa cercando di distrarmi e curioso in giro alla ricerca di non so neppure io cosa. Mi guardo attorno esplorando tutte le stanze del cottage, e quando arrivo in camera da letto, non resisto alla tentazione e apro il cassetto del comodino. Trovo delle lettere e una grande fotografia incorniciata, capovolta. È il ritratto di una donna molto bella. Ha lunghi capelli neri e occhi verdi. Richiudo immediatamente il cassetto, con un fastidioso sapore di metallo in bocca.

Mi sento in colpa come quando da bambina cercavo i regali di Natale nascosti dai miei genitori nel loro armadio. O come quando leggevo senza farmi vedere le pagine del diario del mio migliore amico, per scoprire i suoi segreti e i suoi amori. È una sensazione sgradevole che non provavo da molto tempo. Sto tradendo Charles, che mi ha affidato la sua casa pur senza conoscermi. E questo non mi piace.

Per me non è stata la stessa cosa. In fondo il mio appartamento ha ben poco di mio. Nonostante ci viva ormai da sette anni, continuo a comportarmi come se fosse una casa provvisoria. Non ho modificato nulla nell'arredamento lasciato dal precedente proprietario e non possiedo nemmeno una pianta grassa! Devo proprio smettere di continuare a considerare la mia vita come qualcosa di indefinito e temporaneo.

14 agosto

Sento che oggi è il giorno perfetto per andare a Chawton. Non potrei mai tornare in Italia senza aver visitato la casa museo di Jane Austen. Per chi, come me, ha letto i suoi libri più volte nel corso della vita, è una gita irrinunciabile.

Seguendo il consiglio delle guide, parcheggio l'auto a poche miglia dal cottage e percorro a piedi il tragitto che Jane era solita fare. Da un lato ci sono villini e case di vario tipo, dall'altro c'è un grandissimo prato dove diversi cavalli pascolano placidi e indisturbati. Passo dopo passo, la sensazione di ripercorrere il cammino della mia amata scrittrice si fa concreta. Per arrivare a destinazione devo superare un piccolo sottopasso. Quando riemergo, ho l'impressione di aver varcato un passaggio spaziotemporale: mi sembra di aver viaggiato nel tempo e di essere stata catapultata nel diciannovesimo secolo.

Emozionata, esploro le stanze del cottage. Riesco anche a sedermi al minuscolo tavolo di legno dove Jane prendeva appunti e scriveva i suoi libri. Provo però una profonda malinconia pensando che non ebbe una vita felice e che dovette rinunciare al suo unico amore poiché ritenuta socialmente inadeguata. Ecco perché tutte le eroine dei suoi romanzi, dopo svariate difficoltà, raggiungono sempre la felicità: Jane ha dato alle sue donne ciò che lei non poté avere.

Le ore volano e provo il desiderio di tornare in quella che ormai sembra essere la mia vera casa. Appena arrivata controllo la posta elettronica. È diventata un'abitudine quotidiana. Anzi, forse una necessità. Ho l'impressione che la mia giornata non sia finita finché non ricevo una e-mail di Charles. E puntualmente mi ha scritto anche oggi.

Cara Eleonora,
sono stato a Verona e mi unisco all'impressione comune: è davvero la città degli innamorati. Ho fatto tutte le attività più turistiche e mi sono pure divertito. Sono salito sulla Torre dei Lamberti e ho visitato la casa di Giulietta. Ho visto decine e decine di ragazzi poco più che adolescenti mettersi in fila per visitare la casa dell'eroina shakespeariana e farsi fotografare dal famoso balcone.
Un tipo molto simpatico ha persino fatto una plateale dichiarazione d'amore alla sua ragazza.
Poi ho scoperto un'enoteca deliziosa dove si mangia e beve benissimo.
Ora sono in treno per andare a Venezia.
Un caro saluto,
Charles

Gli rispondo subito.

Caro Charles,
io invece oggi ho visitato la casa museo di Jane Austen. È stato a dir poco emozionante. Mi sono seduta al tavolo dove lei era solita scrivere e correggere i suoi libri e ho quasi avuto la sensazione di vederla passeggiare nel giardino!
Sono felice che le nostre vacanze procedano così bene. Il tuo giardino è in perfetto ordine e Darcy mi fa sempre molta compagnia.
Buon viaggio,
Eleonora

15 agosto

Presa da un'ormai folle e irrefrenabile passione per parchi e giardini, oggi ho programmato una gita ai Kew Gardens. Si tratta di un parco immenso con ogni varietà di piante. Ci sono alberi centenari di dimensioni e proporzioni stupefacenti, un ponte di legno sospeso per una visione aerea, giardini rocciosi e acquatici, ortaggi coltivati sotto archi di rose rampicanti, una serra immensa con piante tropicali. Impossibile visitarlo tutto, pur dedicandovi un'intera giornata, quindi a un certo punto metto via la mappa e cammino senza meta. Ascolto della musica e mi guardo attorno. Noto una coppia di anziani che camminano lentamente, mano nella mano. Dal modo in cui si guardano percepisco l'amore profondo che li unisce e provo una grande tenerezza. Non è frequente né scontato, dopo molti anni di vita insieme, essere ancora in armonia.

Dopo pranzo, colpita da un raptus di shopping compulsivo, vado nel negozio del parco dove compro un'infinità di articoli, quasi tutti di dubbia utilità una volta che sarò tornata a Milano. Guanti per potare le rose lunghi sino al gomito, grembiule da giardino con tasca per le forbici, shopping bag di stoffa fiorata, calendario da parete, saponette al profumo di rosa e lavanda, blocco per appunti e disegni in stile Moleskine. I giardini stanno per chiudere e inizia a fare fresco, direi che è ora di tornare a casa.

Questa sera proprio non resisto. Vado nel bagno di Charles, prendo il suo profumo, lo vaporizzo e m'immergo nella nuvola che ho creato.

«Mi sono sempre piaciute le donne che usano profumi maschili, e su di te è perfetto.»

Mi metto a ridere ma non dico niente, tutto sommato sentire questa voce calda non mi dispiace.

16 agosto

Decimo giorno nella casa di Charles. Mi sveglio come sempre riposata e di ottimo umore. Guardo le e-mail e ne trovo una sua. Quella di un breve report delle rispettive vacanze è diventata ormai un'abitudine: io gli racconto della gita ai Kew Gardens, lui mi racconta di essere stato a Venezia. Credo che anche questa consuetudine mi mancherà, come mi mancheranno questi luoghi e la sua piccola dimora accogliente e confortevole. Mi sono appositamente e volutamente isolata da tutto e da tutti, ho evitato di chiamare o scrivere ad amici vari perché avevo bisogno di liberare la mente per fare chiarezza, e ho fatto bene. Mi sento molto più leggera. Persino la mia schiavitù nei confronti del cellulare sembra svanita. Con grandissimo sollievo, è da due giorni che non lo accendo nemmeno. Mi domando che cosa mi manchi della mia solita vita e faccio fatica a trovare una risposta, perché in realtà non provo nostalgia di nulla.

Ho trovato un libro di ricette e mi cimento nella preparazione di pancake per colazione, non sembra difficile. In dispensa trovo dello sciroppo d'acero e i pancake sono buonissimi. Ottimo inizio di giornata.

Prima di partire voglio sistemare alcune cose in giardino e tagliare tutte le rose sfiorite, così quando Charles tornerà a casa troverà nuovi fiori. Ho deciso di prendere nota dei nomi delle mie rose preferite, perché se mai in futuro dovessi avere una casa con il giardino saprò che cosa piantare. *Lady Emma Hamilton* rimane sempre una delle mie favorite, prima di schiudersi assume una bellissima colorazione rosso scuro con accenni di arancione, ma una volta sbocciati, i fiori a coppa profonda sono di un intenso color mandarino all'interno e giallo bordato di rosso all'esterno, le foglie sono molto scure e bronzee, mentre il profumo è intenso e fruttato. È una rosa seducente almeno quanto deve esserlo stato il personaggio a cui è ispirata, la bellissima e scandalosa amante del Capitano Nelson. La seconda rosa preferita è senza dubbio *Jude the Obscure*: è una pianta molto frondosa e fiorifera con enormi corolle a coppa color champagne con un delizioso e insolito profumo di frutta e vino bianco dolce. Mi piace pensare che renda onore al "mio" Jude più che a quello di Thomas Hardy.

Mentre vago per il giardino mi rendo conto che le adoro tutte e che sceglierne solo alcune è una vera ingiustizia. Realizzo anche che mi sto ingannando da sola, perché non vedo quando mai potrebbe servirmi una lista delle mie rose preferite per il giardino che non ho e che molto probabilmente non avrò mai. Rientro in casa e getto la lista appallottolata nel cesto dell'immondizia, cercando di pensare ad altro.

Vado in bagno e mi metto il profumo di Charles per farmi passare il cattivo umore e subito sento la solita voce che viene in mio aiuto.

«Anche se tra pochi giorni devi partire, torna pure quando vuoi, sarai sempre la benvenuta.»

Faccio finta di crederci e prendo in braccio Darcy per consolarmi un po'.

17 agosto

Ebbene sì, sono di nuovo a Londra per rivedere l'*Amleto*. Se Jude fa duecento repliche, io posso anche vederlo due volte. E poi quando mi capiterà di nuovo un'occasione simile?

Al mattino ho vagato per i Kensington Gardens e ho preso uno spuntino all'Orangery. Poi, alla ricerca delle storie d'amore più belle di tutti i tempi, ho visitato Kensington Palace nell'area dedicata alla vita della regina Vittoria. Ho sempre visto immagini e ritratti di questa regina molto austera, triste e vestita di nero, ma ho scoperto che da giovane era estremamente diversa. All'età di sedici anni si innamorò follemente del principe Alberto di Sassonia, che più tardi sarebbe diventato suo marito, ma sfortunatamente a soli quarantadue anni restò vedova con nove figli e un regno da governare. "Con un peso" come lei stessa dichiarò "più grande di quello che qualunque essere umano potrebbe sopportare." Mi è più facile capirla adesso.

Nel pomeriggio ho visitato la National Portrait Gallery, dove ho visto ritratti magnifici. Ovviamente ne ho trovato anche uno suo. Come poteva mancare? Jude Law fotografato da Paolo Roversi, come sempre bellissimo.

Ora, da buona quasi inglese, sto prendendo un tè e tra poco andrò a teatro. Questa volta sono in quarta fila e conoscendo ormai i dialoghi riesco ad apprezzare lo spettacolo sino in fondo. Alcune frasi mi restano incise nella mente e sono felice di potermele godere di nuovo.

Terminato lo spettacolo, anche se sono molto tentata di farlo, mi trattengo dal chiedere un altro autografo. Non credo si ricordi di me, ma se così fosse mi sentirei davvero ridicola. Questa volta, tra l'altro, ci sono molte più fan all'attacco. E allora a me basta conservare nella mente l'immagine di lui che recita: "Dubita che le stelle siano fuoco. Dubita che il sole si muova. Dubita che la verità sia menzognera, ma non dubitare del mio amore". Sospiro dal profondo del cuore, pensando che sarebbe meraviglioso se qualcuno mi dichiarasse il suo amore con queste parole e con tale intensità.

18 agosto

Mancano solo due giorni alla fine della vacanza e ho intenzione di assaporare ogni istante che mi rimane. Mi siedo in giardino per fare miei i profumi e i colori di questo luogo che mi sarà sempre caro, e mi chiedo come farò a tornare a Milano. Non so se potrò mai ritrovare la pace che provo qui.

Vado con Darcy a fare una passeggiata, porto delle rose sulla tomba di Elizabeth e proseguo fino a una collina da cui si gode un panorama mozzafiato. Guardo con attenzione l'orizzonte davanti a me, chiudo gli occhi e giro su me stessa di appena un passo, mi fermo, riapro gli occhi e osservo cos'è cambiato nel paesaggio. Vado avanti così finché non ho fatto un giro completo. Ogni volta che riapro gli occhi vedo cose diverse: un albero centenario, una fattoria in lontananza, un gregge di pecore, il ruscello che scorre poco lontano. Smetto solo quando sono sicura di aver visto e fissato nella mente e nella memoria davvero tutto. Mi sdraio sul prato a occhi chiusi e ascolto il canto dei pettirossi, semplice e cristallino con ripetuti gorgheggi, quello delle cinciallegre ritmato e acuto, il fruscio delle foglie mosse dal vento e il mormorio dell'acqua di un torrente in lontananza. Vorrei saper dipingere per rendere questo istante eterno.

Qui sono stata felice, profondamente felice. A volte mi chiedo come sia Charles dal vivo, perché non mi sono mai sentita tanto in pace come in casa sua, dove tutto è semplice, armonico e accogliente. Mi attraversa persino l'assurda idea di chiedere a Charles di prolungare lo scambio di casa. In fondo lui ha dichiarato di essersi innamorato dell'Italia e sembra avere meno urgenza di me di rientrare al lavoro, e io potrei sempre darmi per dispersa. Nessuno sa dove mi trovo. Torno a casa e scrivo a Charles per non pensare.

Caro Charles,
la mia vacanza sta per finire e volevo dirti che qui sono stata talmente bene che l'idea di partire mi rattrista incredibilmente.
Tu come stai?

Poco dopo arriva la risposta.

Cara Eleonora,
io sto benissimo e pensavo che sarebbe bello conoscersi. Se non ricordo male, tu arrivi a Milano di sabato, vero? Il mio volo invece è domenica, nel pomeriggio. Potremmo vederci per pranzo prima della mia partenza, ti va?

Certo, sarebbe fantastico.

Perfetto, dimmi tu dove. Conosci senz'altro Milano meglio di me!

Un brunch da California Bakery *mi sembra l'ideale.*

Benissimo, allora ci vediamo lì a mezzogiorno.
A presto,
Charles

L'idea di vedere finalmente Charles mi fa tornare di buon umore. Sono curiosa di incontrarlo perché non sono ancora riuscita a dargli un volto. Mi sembra di conoscerlo, ma allo stesso tempo non so nulla di lui. È strano sentirsi intimamente connessi a uno sconosciuto.

19 agosto

Ultimo giorno nel Surrey. La felicità dei giorni scorsi sta definitivamente svanendo per lasciare spazio alla malinconia.

Domani rientrerò in Italia. Voglia di ricominciare la solita vita: nessuna. Non capisco nemmeno perché l'idea di tornare a "casa" mi deprima così tanto, in fondo in questa vacanza sono sempre stata sola, se vogliamo escludere la presenza di Darcy. Eppure non ho mai sofferto di solitudine.

In realtà penso di aver trovato in questi luoghi qualcosa che non sapevo nemmeno di avere dentro di me. Qualcosa che si trovava nel profondo della mia anima, il riconoscimento improvviso di un nuovo modo di essere e sentire, di pensare e respirare, di sognare e sperare. Un diverso modo di vivere. Tornare significa voltare le spalle a questa nuova consapevolezza e fingere che sia stata solo una breve pausa dalla normalità.

Mentre questi pensieri attraversano la mia mente, sento bussare alla porta. Mi chiedo chi possa essere, mi alzo e vado ad aprire.

Mi trovo di fronte una donna con qualche anno più di me, capelli lunghi ramati, carnagione molto chiara con piccole lentiggini e occhi verde smeraldo. Mi sorride e si presenta.

«Ciao, sono Kate, un'amica di Charles. Immagino che tu sia la ragazza italiana in vacanza qui. Sono venuta a prendere Darcy, perché me ne prenderò cura io nei prossimi giorni.»

Mentre finisce di parlare, Darcy le corre incontro festoso e le salta in braccio scodinzolando. È chiaro che la conosce bene.

«Piacere, Eleonora. Charles mi aveva avvisata che saresti venuta, ma me ne ero completamente dimenticata. Posso offrirti qualcosa da bere, una tazza di tè?»

«Grazie, con piacere. Come sono andate le tue vacanze qui nel Surrey?»

«Sono stata benissimo. Non avrei mai pensato che un luogo così tranquillo potesse fare per me, anche se capisco che una vacanza di relax lontano da tutto è ben altra cosa rispetto alla vita di tutti i giorni.»

«Come mai hai scelto di venire proprio qui?»

«Mi vergogno un po' a dirlo, l'ho fatto sulla scia del film *L'amore non va in vacanza*... Penserai che ho qualche rotella fuori posto, ma io sono felicissima di aver seguito il mio istinto. Queste settimane sono state un'occasione per meditare sulla mia vita. Tu vivi qui?»

«No, per carità! Durante la settimana sto a Londra e vengo qui ogni tanto nel week-end perché ho tenuto la casa di campagna dei miei genitori. Insieme a un caro amico ho aperto una galleria d'arte, ed è un lavoro che non potrei mai svolgere qui. Tu invece che cosa fai in Italia?»

«Sono un avvocato.»

«Non ne sembri molto entusiasta!»

«Hai ragione, è proprio così. Ho perso gran parte dell'entusiasmo per la mia professione. La giustizia non è sicuramente uguale per tutti e ai giudici molto raramente interessano le vicende e le sorti delle persone. Quelli davvero illuminati sono rari.»

«Che triste verità! Io infatti sono felicissima di lavorare nel campo artistico. Non che sia un mondo facile, ma seguire le proprie passioni è sempre entusiasmante.»

Kate mi piace, trovo molto affascinante l'atteggiamento positivo che ha verso la vita. Sono curiosa di sapere in che rapporti è con Charles, ma non ho il coraggio di chiederle nulla al riguardo. Provo nei suoi confronti una punta di gelosia del tutto inaspettata.

Dopo una pausa di silenzio, Kate mi chiede se ho programmi per la giornata. Non ho ancora deciso cosa fare, quindi le rispondo di no.

«Ti piacerebbe andare a cavallo?» mi chiede lei.

«Da ragazza facevo equitazione, ma sono più di dieci anni che non monto.»

«Allora è giunto il momento di ricominciare, mettiti un paio di pantaloni comodi e andiamo a casa mia.»

Sono indecisa se accettare o rifiutare, ma poi mi dico: *Perché no?* Spero solo di non fare figuracce e di non cadere.

Usciamo di casa e saliamo in auto, una Land Rover spartana e sporca di fango. Percorriamo per circa mezz'ora strade sterrate di campagna tra pascoli di pecore e cavalli, finché ci ritroviamo all'inizio di un viale di olmi secolari. Comincio a pensare che Kate sia di origini nobili, perché la casa di campagna dei suoi genitori è meravigliosa, un'enorme villa color ocra con finestre quadrettate di legno bianco e persiane verde scuro. Le scuderie in pietra sono poco distanti e Kate mi spiega che ha due cavalli docilissimi e di ottimo carattere, per cui non ho motivo di preoccuparmi. Mi rassicura dicendo che andare a cavallo è come andare in bicicletta, una volta imparato è per sempre. Non ne sono per nulla convinta, ma ormai non posso tirarmi indietro. Se sopravvivo indenne anche a questa esperienza, questa sarà stata davvero una vacanza indimenticabile.

Kate parte al trotto. Concettualmente mi ricordo come si fa, ma le mie gambe faticano a fare ciò che dovrebbero e dopo solo dieci minuti i muscoli tremano per lo sforzo. Non ricordavo che andare a cavallo fosse così impegnativo, a quindici anni non era così. Sono talmente impegnata e concentrata che non riesco nemmeno a godere del panorama e a guardarmi attorno. Arriviamo in cima a una collina e Kate si ferma. Per fortuna, non so quanto avrei resistito ancora.

«Non trovi che sia meraviglioso? Questo è il mio punto preferito, si vedono tutte le colline e i boschi della regione, e nelle giornate di vento davvero limpide riesci quasi a vedere Londra.»

«È davvero bellissimo. Grazie di cuore. Non andavo a cavallo da circa quindici anni e non ricordavo che fosse un'esperienza così emozionante.» Avrei voglia di chiederle qualcosa a proposito di Charles e perché si conoscano, ma non oso.

«Fermati a pranzo, dopo una bella cavalcata bisogna rifocillarsi!»

«Con piacere, ti ringrazio.»

La casa di Kate è a dir poco favolosa. Ad accoglierci c'è una domestica che chiede a che ora vorremmo pranzare. Ci sediamo in una veranda con ampie vetrate sul giardino, davanti a una fontana contornata da rose bianche e verbena viola. Per pranzo ci aspetta un arrosto di manzo con patate a fette e salsa di rafano, cucinato in modo impeccabile.

Kate mi racconta di aver viaggiato molto. Dopo la laurea in Storia dell'arte ha fatto un master a Parigi e qualche anno fa ha deciso di aprire una galleria d'arte moderna a Londra, dove ormai vive stabilmente. Qui viene soltanto qualche week-end o d'estate.

Alla fine la mia curiosità prevale sulla discrezione. Non resisto e le chiedo come mai conosce Charles.

Mi risponde senza esitazioni: «Charles è il miglior amico di mio fratello dai tempi della scuola e io ovviamente, come da tradizione, sono sempre stata innamorata di lui. Per fortuna, e finalmente, la cotta mi è passata».

«Perché "per fortuna"?»

«Perché non siamo assolutamente compatibili. Io adoro le città, la gente, i locali e gli eventi mondani, lui invece detesta quel genere di cose. È troppo orso e troppo solitario. Da ragazza questa sua caratteristica mi affascinava terribilmente, poi crescendo e maturando mi sono resa conto che non avrei mai potuto fare a meno di un'intensa vita sociale. Comunque non è mai stato interessato a me in quel senso, mi ha sempre considerato la sorellina del miglior amico. E tu come lo hai conosciuto?»

«In realtà non lo conosco, ho solo risposto al suo annuncio per uno scambio di casa per le vacanze estive. Però lo conoscerò presto, abbiamo deciso di incontrarci domenica, prima che lui riparta da Milano.»

«Allora non ti svelo altro su di lui, così ti lascio l'effetto sorpresa! Ti dico solo che sa essere un sincero amico e un vero gentiluomo.»

Sono un po' sorpresa, perché dagli scambi di e-mail che ho avuto con Charles me lo ero immaginato estremamente socievole e cordiale, non un orso solitario! Dopo quello che mi ha detto Kate, mi viene il sospetto che si sia sforzato di scrivermi solo per buona educazione e per tenere sotto controllo la situazione qui nel Surrey.

Sono già le cinque del pomeriggio. Kate mi riaccompagna a casa, dopodiché prende Darcy per portarlo da lei. Separarmi da questo tenero cagnolino mi procura un'inaspettata tristezza. È stato un'ottima compagnia e io mi sono affezionata a lui più di quanto avrei potuto immaginare.

È arrivato il momento che odio di più alla fine di una vacanza: rifare le valigie. Ho sempre pensato che esistono due categorie di persone: quelle che detestano preparare le valigie per partire e quelle che non sopportano l'idea di farle per tornare. Io appartengo indiscutibilmente alla seconda categoria.

Poi passo l'aspirapolvere, lavo i pavimenti, pulisco bagno e cucina, sforzandomi di rimettere ogni oggetto nel posto in cui l'ho trovato. Vorrei che Charles pensasse che sono una persona ordinata e che ho avuto rispetto per le sue cose. Sprofondo nel divano esausta e, quasi come se fosse un rito, controllo la posta elettronica. Immancabile una e-mail di Charles per me.

Buon viaggio e buon rientro.
Ci vediamo domenica.
Il solito, buon vecchio Charles

Lo trovo sempre così gentile e ne sono stupita ancora una volta. Rispondo subito, anche se non credo che leggerà la mia e-mail prima di domani.

Caro Charles,
il tuo paese è incredibilmente pieno di sorprese.
Oggi è venuta a trovarmi Kate. È stata gentilissima e mi ha invitato a casa sua per una cavalcata. Favoloso, non montavo un cavallo da almeno quindici anni.
Anche quest'ultimo giorno è stato speciale.
A presto,
Eleonora

Prima di andare a letto non resisto alla tentazione di controllare di nuovo la posta elettronica, ed ecco che Charles ha già risposto.

Chissà quali cose tremende ti ha detto Kate su di me!
Se vuoi annullare l'appuntamento di domenica fai pure

Gli scrivo subito con il sorriso sulle labbra.

Caro Charles,
devo ammettere che ho avuto la tentazione di inventare una scusa per non incontrarti, ma poi ho deciso di rischiare... ed è quindi con grande coraggio che confermo il nostro appuntamento per domenica da California Bakery*!*

Meglio andare a dormire finché sono di buon umore.

20 agosto

Il giorno della partenza è arrivato. Per la prima e unica volta da quando sono in questa casa, ho dormito poco e male. L'idea di tornare a Milano mi mette una strana e assurda angoscia.

Controllo di non aver dimenticato nulla, chiudo la casa e lascio la chiave al proprietario del pub.

Il tragitto in treno mi sembra interminabile. Mentre osservo per l'ultima volta questo paesaggio ormai a me così caro, piango silenziosa.

«Mia cara, posso fare qualcosa per lei?» mi domanda la signora seduta di fronte a me.

«Va tutto bene... sono solo triste all'idea di partire.»

«Si sta separando dal suo amore?»

«No, nessuna questione di cuore.» Mentre scuoto la testa, mi rendo conto di essermi assurdamente illusa di rimanere qui per sempre dopo aver trovato l'uomo dei miei sogni. Niente di più ingannevole: la vacanza è finita e tra poco ricomincerà tutto come prima.

Poi penso che Charles è stato gentile a propormi un appuntamento prima della sua partenza. Sono curiosa di conoscerlo, ma ho anche timore di incontrarlo. Penso di averlo idealizzato e sono quasi certa che rimarrò delusa. In realtà non me ne dovrebbe importare molto, perché l'avventura dello scambio di casa si sta concludendo. Presto tutto tornerà come prima.

Passo i controlli di sicurezza e arrivo al gate. Il cielo è pieno di nuvole grigie e minacciose, in perfetta sintonia con il mio umore. Stanno chiamando il mio volo, è davvero ora di andare. Ho il posto accanto a due ragazzi che si tengono per mano tutto il tempo e continuano a sbaciucchiarsi. Beati loro, certo che mi fanno venire un gran nervoso. Oggi mi sento meno altruista del solito, perché intorno a me così tanta gente è felice?

Meglio guardare un film per distrarmi. In programmazione, tra gli altri, c'è *The Artist*. So che ha un lieto fine e perdipiù il Jack Russell che recita nel film è uguale a Darcy. Se mai dovessi cambiare lavoro, potrei prendere un cane uguale a lui.

Mentre l'aereo si prepara all'atterraggio mi concentro sul colore del cielo di Milano, di un bianco lattiginoso per la calura estiva. Charles passerà un'ultima notte a casa mia, quindi ho chiesto a Barbara di ospitarmi da lei, questa sera, e ne approfitterò per raccontarle tutto. Una breve ma fortunosa transizione tra la vita che ho sperimentato in queste due settimane e quella di sempre. Riprendere possesso della mia casa significa rientrare nei panni della vecchia Eleonora, e la cosa mi spaventa.

Appena Barbara apre la porta, le salto al collo con grande entusiasmo.

«Ti sono mancata così tanto?» mi chiede con un certo stupore.

«Sono così felice di vederti, devo raccontarti un sacco di cose!»

«Entra, dai, non vedo l'ora di sapere tutto. Cosa avrai mai combinato in un posto così sperduto?»

Le racconto per filo e per segno ogni cosa. Chiacchieriamo fino a mezzanotte e io sono felice di poter condividere con lei ogni momento e ogni sensazione provata. Non c'è balsamo più soave di un vero amico.

2

Ritorno alla normalità

21 agosto

Ho appuntamento con Charles da *California Bakery* per mezzogiorno. Continuo a non sapere che aspetto abbia, quindi non potrò individuarlo, ma lui mi ha detto di non preoccuparmi: mi riconoscerà dalle foto che ha visto a casa mia. Sono emozionata e nervosa come una quindicenne che deve uscire con il suo primo ragazzo.

Mi presento all'appuntamento in anticipo. Preferisco arrivare per prima, scegliere un tavolo appartato e tranquillo e aspettare. Annuso qua e là alla ricerca del suo profumo, ma non sento nulla, forse non è ancora arrivato, o forse ha lasciato il profumo a casa sua, nel Surrey.

Nel locale entrano diverse persone, ma nessun indizio mi aiuta a capire chi possa essere Charles. All'improvviso vedo arrivare un uomo alto e magro, fiero e distinto, capelli corti e brizzolati. Viene verso di me e mi chiede se sono Eleonora.

Avrà sui quarantacinque anni. Gli occhi di un azzurro chiarissimo sembrano sbiaditi dal troppo sole e la pelle del viso sembra segnata dal mare e dalla salsedine. Mi fa subito venire in mente quei marinai che hanno passato la maggior parte della loro vita in mare. Si siede di fronte a me e si presenta.

«Finalmente ci incontriamo, sono felice di conoscerti.» La cosa sconcertante è che la sua voce è incredibilmente simile a quella che immaginavo di sentire a casa sua. «Dimmi, non ti sei annoiata tutta sola in un paesino di campagna?»

«Per niente! Avevo veramente bisogno di staccare dai ritmi frenetici di Milano e dallo studio di pazzi dove lavoro. Mi sono riposata moltissimo e ho iniziato ad apprezzare fiori e giardini. Chi l'avrebbe mai detto...»

Parliamo ininterrottamente per più di tre ore. Lui ha molte più cose da raccontare di quante ne abbia io, ma sa ascoltare e mi fa piacere che sia interessato a me. A un certo punto, non resistendo alla curiosità, faccio un accenno alla tomba della misteriosa Elizabeth. La curiosità su chi fosse e sul motivo per cui la sua lapide indicasse solo il nome mi ha perseguitato per tutta la vacanza.

«Elizabeth era mia moglie. Sulla sua tomba c'è solo il nome perché so che avrebbe preferito così.»

«Perdonami, non avrei dovuto toccare questo argomento.»

«Non preoccuparti, non ho problemi a parlarne. È stato un dolore tremendo, la amavo moltissimo e c'era una grande passione tra noi. Se però ti dicessi che è stato un matrimonio felice mentirei.»

La schiettezza di Charles mi lascia di stucco. Non so come rispondergli, ma per fortuna lui continua a parlare.

«Elizabeth e io ci siamo conosciuti durante una regata. Io da giovane facevo lo skipper nelle gare di vela, lei anche. Partecipavamo alla stessa competizione in due equipaggi diversi. Noi arrivammo secondi, loro primi, e durante la premiazione lei si avvicinò dicendomi che ero il marinaio più affascinante che avesse mai incontrato. Sapeva come adulare un uomo. Iniziammo a frequentarci e dopo soltanto tre mesi decidemmo di sposarci. Non sapevamo nulla l'uno dell'altra per fare un passo così importante, ma non riuscivamo a stare separati più di un'ora. Gli uomini di mare dicono che la cosa migliore prima di sposarsi sarebbe trascorrere del tempo insieme in una barca piccola. Ora posso dire che non è vero, perché noi in barca andavamo d'amore e d'accordo, sulla terraferma molto meno.»

Mentre Charles parla provo un moto d'invidia per una storia d'amore così passionale, nonostante la fine tragica.

«Dopo esserci resi conto che la vita da skipper era incompatibile con quella familiare tradizionale, decidemmo di ristrutturare il cottage dove sei stata tu e ci trasferimmo lì. Io dovevo reinventarmi una vita sulla terraferma: sono sempre stato insofferente alla folla, al traffico e al rumore. In barca non si ponevano questi problemi, ma tornando a vivere sulla terraferma non avevo idea di cosa avrei potuto fare. Poi per caso un mio vecchio amico del college, David Austin Junior... Ehi, non fare quella faccia!»

«Mi stai prendendo in giro? Non ci posso credere, altro che consigliarmi di andare in quel meraviglioso vivaio... Ora capisco perché hai un giardino perfetto.»

Charles scoppia a ridere. «Veramente il mio giardino è tutt'altro che perfetto. Comunque, David mi propose di lavorare per lui. Aveva bisogno di una persona di fiducia per i lavori più importanti. Così, dopo un anno di intensi studi sull'argomento, sono diventato un giardiniere.»

«Non posso credere di aver tagliuzzato le tue povere rose, io che non avevo mai preso in mano una cesoia in vita mia. Potevi anche dirmelo!»

«Ti farò sapere al mio rientro se sei stata brava oppure no.»

«E non avete avuto figli?»

Mentre mi dice di no il suo sguardo si spegne. «Con Elizabeth era come essere sulle montagne russe. Un giorno sole splendente, il giorno dopo tuoni e fulmini, un susseguirsi di liti furibonde e riconciliazioni appassionate. Prima di sposarci non avevamo neanche avuto il tempo di affrontare l'argomento, io davo per scontato che avremmo avuto o, quantomeno, cercato di avere dei figli. Invece al nostro primo anniversario Elizabeth mi confessò che non ne aveva intenzione e mi pregò di non insistere sull'argomento. Mi disse che si sarebbe sentita in gabbia se avesse dovuto prendersi cura di un neonato totalmente dipendente da lei.»

È vero che a volte è più facile aprirsi con gli estranei, ma mentre mi racconta la sua storia rimango senza parole. Non ci conosciamo nemmeno.

«E poi cos'è successo?»

«Un giorno, il 21 giugno di tre anni fa, Elizabeth se n'è andata per sempre. Avevamo fatto colazione insieme come d'abitudine, poi lei aveva preso la macchina per andare a Londra. Un paio di ore dopo ricevetti una telefonata dalla polizia. C'era stato un incidente e una delle persone coinvolte era mia moglie. Il conducente della vettura della corsia opposta aveva avuto un malore e si era scontrato frontalmente con l'auto di Elizabeth, che era morta sul colpo per il violento impatto.»

«Mi dispiace.»

«Per me è stato un dolore indicibile. Eppure sono sicuro che se fossimo rimasti insieme prima o poi ci saremmo lasciati, perché per quanto ci amassimo non eravamo felici. Io avevo accantonato il desiderio di una vera famiglia, ma questa scelta imposta da Elizabeth era un tarlo che logorava il nostro rapporto. Lei invece era uno spirito troppo libero per legami definitivi e duraturi.»

Mi stupisce la franchezza e sincerità con cui Charles mi parla di sé, per cui quando mi chiede di raccontargli qualcosa di me, decido di essere altrettanto sincera.

«La mia storia è molto meno interessante della tua. Sono single, non mi sono mai sposata e non non ho mai avuto una relazione particolarmente coinvolgente. Mi sono laureata sette anni fa in Giurisprudenza e tre giorni dopo avevo già un lavoro in uno studio legale molto prestigioso della città, in cui lavoro tuttora. All'inizio ero davvero eccitata, fresca di laurea e già sistemata. Il mondo mi sembrava ai miei piedi.

L'ufficio si trova in un palazzo storico in una bellissima zona del centro, con clienti importanti e tanti giovani colleghi come me desiderosi di fare carriera. Cosa avrei potuto desiderare di più? Se mi fossi conosciuta meglio, avrei dovuto sapere e capire che non era una vita adatta a me e che non sarei stata felice. Credevo di essere portata per fare la donna in carriera, ma non è così. Non ho mai avuto tanti dubbi sulla mia vita come in queste ultime settimane.»

Mentre parlo, Charles mi guarda con attenzione. I suoi occhi sono concentrati su di me e per un momento sembra che non esista nient'altro all'infuori di noi. Poi guarda l'ora e mi dice: «Si è fatto davvero tardi, è meglio che vada, altrimenti rischio di perdere il mio aereo. Mi ha fatto piacere conoscerti». Aggiunge che ha deciso di concludere la sua vacanza con qualche giorno di mare e che questa sera prenderà un volo per Santorini. Ha prenotato una stanza a Oia e mi spiega con grande entusiasmo che è uno dei luoghi più belli del mondo, dove puoi trascorrere intere giornate in contemplazione del mare pensando che tutto è perfetto e che Dio esiste. Ragion per cui io posso tornare a casa senza problemi. Come se ne avessi voglia. Gli auguro buone vacanze e ci salutiamo, promettendoci di rimanere in contatto.

Torno a casa di Barbara per recuperare le valigie. Non ho nessuna voglia di riprendere possesso del mio minuscolo appartamento, che non sento per niente mio, ma è inutile fuggire dalla realtà. Vorrei darmi per malata, telefonare in ufficio dicendo che ho un virus terribilmente contagioso, ma a cosa servirebbe?

Appena apro la porta di casa sento il profumo di Charles, ancora nell'aria, che mi avvolge. Potrei comprarlo e usarlo per me, ma temo che aumenterebbe il senso di nostalgia che è già insostenibile.

22 agosto

Oggi è lunedì, il primo giorno della prima settimana lavorativa dopo la fine delle vacanze, e io sono dello stesso umore di chi sta per buttarsi giù da un grattacielo.

Le cose da fare in ufficio sono talmente tante che non riesco nemmeno a uscire per un panino durante la pausa pranzo. La mia collega neomamma ha ripreso il lavoro come se niente fosse. Ha affidato il suo primo – e spero unico – figlio a una baby-sitter. Con la mia solita ingenuità le ho chiesto come farà ad allattarlo. Mi ha risposto che il latte artificiale va benissimo e che sta prendendo delle pastiglie per bloccare la montata lattea. Come sempre, i commenti sono superflui. Mi sembra di essere un alieno in un pianeta sconosciuto.

Il capo è nervoso come non mai. Qualunque pretesto è valido per fare scenate a chiunque e sono già girate ben tre circolari che abbiamo dovuto leggere e firmare per "presa visione". La prima vieta assembramenti di avvocati e di segretarie che parlano tra loro. La seconda vieta di uscire durante l'orario di ufficio per la pausa caffè. La terza ci informa che lo studio è ora dotato di una macchina Nespresso. Le regole per il suo utilizzo sono le seguenti: ad ogni utilizzo bisogna segnare su un apposito foglio l'orario, il nominativo e la firma. Le segretarie devono anche versare un contributo di cinquanta centesimi a capsula.

La cosa fantastica è che ho un capo che riesce ancora a sorprendermi dopo sette anni che lavoro per lui. Di fronte a comportamenti e iniziative di questo tipo, ogni volta, come se fosse la prima, mi sembra che sia stato raggiunto il limite assoluto di meschinità umanamente concepibile, eppure la sorpresa è sempre in agguato.

In ogni caso la giornata vola e quando finalmente esco dall'ufficio sono le otto passate. Torno a casa a piedi e appena apro la porta il profumo di Charles mi avvolge. Purtroppo nessuna voce maschile a darmi il benvenuto e nessun cagnolino ad accogliermi festoso.

Sto male, veramente male, sia fisicamente sia mentalmente. Non ho nemmeno avuto il coraggio di disfare la valigia, che giace adagiata nello stesso punto in cui l'ho appoggiata appena entrata in casa. La ignoro deliberatamente, perché so che sta esprimendo disappunto e rimprovero per la mia incapacità di affrontare la realtà.

Mentre l'acqua calda della doccia scorre sul mio viso e sul mio corpo, penso che tornare sia stato un errore. Ma cos'avrei dovuto fare? O meglio, cos'avrei *potuto* fare? Cercare un lavoro in un paese talmente piccolo da non avere neanche un cinema? Un luogo in cui non conosco assolutamente nessuno?

Mi sdraio sul letto con la sensazione di essere stata investita da un tir. Apro la posta elettronica e trovo un'e-mail di Charles. Mi ha mandato una fotografia del panorama dalla stanza in cui si trova ora, una vista mozzafiato. Dice che gli ha fatto piacere conoscermi e di avvisarlo se mai dovessi tornare in Inghilterra. Come sempre, molto gentile da parte sua. Sono talmente giù di morale che non ho neanche voglia di rispondergli, ma sarebbe un gesto sgarbato, quindi mi sforzo e gli scrivo.

Caro Charles,
grazie della bellissima foto che mi hai mandato, ti invidio moltissimo.
Io oggi ho ripreso il lavoro e sono rimasta chiusa in ufficio per dodici ore filate, tante erano le cose da fare. Rimpiango già la vacanza e il tuo tranquillissimo cottage.
Un caro saluto,
Eleonora

Ovviamente non riesco a prendere sonno, troppi pensieri si affollano nella mia mente. Forse dovrei ricorrere al solito vecchio sistema, un bel film con Jude, ma quale? Non posso certamente guardare il mio preferito, perché rivedere i luoghi che ho appena lasciato potrebbe darmi il colpo di grazia. *Alfie*? Troppo malinconico. *Ritorno a Could Mountain*? Figuriamoci, Jude dopo indicibili sofferenze muore. Questa sera non posso sopportare di vederlo morire e mi tocca escludere anche *Il Talento di Mr. Ripley*, *Genius* e, peggio ancora, *Gattaca*.

30 agosto

Da quando Charles mi ha raccontato la storia di Elizabeth e di come è morta, continuo a pensare che noi umani tendiamo a farci trovare del tutto impreparati nei due eventi più importanti della nostra vita, nascita e morte. È chiaro che la nascita è del tutto indipendente dalla nostra volontà e non possiamo avere alcuna influenza al riguardo, salvo impegnarci il più possibile per uscire dal tunnel. Ma riguardo alla morte, be', dovremmo porci qualche domanda già nel corso della nostra vita, non farci cogliere di sorpresa come se non sapessimo che prima o poi succederà.

Sto quindi pensando di fare testamento; non che abbia tanto da lasciare, però alcune cose a cui tengo molto sì, e ringraziamenti sinceri pure. Non avendo più genitori, né fratelli e sorelle o marito e figli, non vorrei mai che i miei beni venissero ereditati da qualche lontano cugino o, ancora peggio, dallo Stato. Così come non vorrei che gli amici a me più cari non sapessero quanto hanno contato per me.

21 ottobre

Mi sento impotente e priva di volontà, e la cosa non mi piace per niente. Devo trovare il coraggio di reagire e prendere una decisione. O mi rassegno alla vita che sto vivendo, oppure la cambio.

Mai come ora capisco cosa intendesse Keats scrivendo: "Se morissi non avrò lasciato alcuna opera immortale dietro di me, nulla che possa rendere i miei amici orgogliosi della mia memoria". Non che abbia aspirazioni così elevate, ma nemmeno posso rassegnarmi a un'esistenza che si compie indipendentemente dalla mia volontà.

Durante il giorno è più facile perché lavoro talmente tanto da non accorgermi delle ore che passano. Ma quando alla sera torno a casa ed entro nel mio appartamento, mi sembra tutto deprimente e squallido. È vuoto, non c'è nessuno ad aspettarmi, e mi assale un'intensa malinconia. Esco pochissimo perché non ne ho voglia, le notti poi sono un vero disastro. Buio e silenzio non sono mai completi. Quando vado a letto, per quanto sia tardi e per quanto sia stanca, non riesco ad addormentarmi. Leggo, guardo i soliti film con il mio caro Jude, ma non trovo sollievo, anzi, sentire la sua voce mi fa stare ancora peggio. Quando finalmente mi addormento, non sogno. Non sogno più nulla dal mio ritorno.

Quando invece sono in giro per la città, mi sembra di vedere solo persone felici e sorridenti, mentre io non provo entusiasmo per nulla. Forse sono un po' depressa, dovrei iniziare a prendere in seria considerazione l'ipotesi di uno psicologo, nonostante non ci creda molto.

Ho persino pensato di organizzare un viaggio in India alla ricerca della foglia del destino, ho letto un articolo molto interessante sull'argomento. Pare che due o tremila anni fa degli sciamani di origine indiana abbiano scritto su migliaia di foglie di palma il destino di alcune persone che sarebbero vissute nei secoli a venire. Ovviamente non esistono foglie per tutti gli abitanti del pianeta, ma soltanto per alcuni eletti che a un certo punto della loro vita sentiranno di doversi recare lì per conoscere il proprio futuro. E se poi scoprissi di essere destinata a morire sola, povera e infelice? Meglio non sapere nulla e vivere ignara di quello che mi sarà assegnato.

Nel frattempo Barbara mi ha giurato eterna gratitudine. Ha iniziato a frequentare un ragazzo che incontrava spesso sul tram. Lei continuava a osservarlo, certa che assomigliasse in modo incredibile al mio attore preferito. Lui ha iniziato a salutarla e a rivolgerle la parola e ormai escono insieme da diverse settimane. Me lo ha anche fatto conoscere, pregandomi di non innamorarmene. In realtà, io che ho visto Jude dal vivo non lo trovo per niente somigliante. Comunque è carino e gentile. Fa il fotografo ed è più giovane di Barbara, ma non sembra che la cosa lo preoccupi. Spero con tutto il cuore che possano essere felici insieme.

30 ottobre

Ripenso spesso a Charles e alle giornate trascorse a casa sua. D'impulso decido di scrivergli. In questi mesi ci siamo scambiati pochissime e-mail e mi dispiace.

Caro Charles,
è da un po' di tempo che non ci sentiamo e volevo sapere come stai.

Io non ho grandi novità da raccontare, lavoro molto ed esco poco. Tra una decina di giorni sarà il mio compleanno, ma detesto festeggiare perciò non farò nulla di particolare.
Ti confesso che ho nostalgia del tuo tranquillissimo cottage.
Un caro saluto dall'Italia,
Eleonora

Dopo averla inviata rileggo la e-mail e mi rendo conto che più che un saluto sembra una richiesta di aiuto. Non era quello che volevo. O forse sì?

5 novembre

Per un paio di giorni nessun cenno di vita da parte di Charles, il che non mi mette certamente di buon umore. Il terzo giorno però trovo la sua risposta.

Ciao!
Scusa se ti rispondo solo ora, ma sono praticamente sempre in Cornovaglia per lavoro.
Sto curando il rifacimento del giardino di un castello in stile re Artù e i cavalieri della tavola rotonda. Sono sicuro che ti piacerebbe moltissimo.
Ma dimmi, qual è il giorno del tuo compleanno?

Non mi sembra dignitoso rispondere in tempo reale, ma non resisto, e molto laconica gli scrivo.

Tra una settimana esatta, il 9 novembre.

Anche lui mi risponde immediatamente.

Mi sembri di pessimo umore all'idea di compiere gli anni, neanche fossero novanta!
Forse ci vuole un diversivo. Il 9 novembre è sabato, perché non vieni in Inghilterra per il fine settimana?
Prometto che farò finta di non sapere che è il tuo compleanno, quindi niente festeggiamenti.
Cosa ne dici?
Darcy ne sarebbe felicissimo. Credo senta la tua mancanza, perché quando torno a casa esce a vedere se per caso arriva qualcun altro e dopo qualche minuto rientra mogio mogio.

Potrei forse rifiutare? No. Le uniche cose sagge che faccio negli ultimi tempi sono quelle dettate dall'impulso. Gli rispondo senza neanche pensarci.

Ti ringrazio dell'invito. Mi sembra un'idea grandiosa.
Cerco i voli e ti faccio sapere.

Mi metto immediatamente a guardare i voli per Londra e per non correre il rischio di cambiare idea compro subito i biglietti. Ogni tanto Internet ha i suoi vantaggi.

Caro Charles,
non puoi più ritirare il tuo invito: ho preso i biglietti dell'aereo 🙂

Arriverò a Londra venerdì sera alle nove e ripartirò domenica sera alle otto.
Dimmi tu dove posso prenotare un posto per dormire, non ho idea se ci siano alberghi o B&B in zona.

Non preoccuparti, non rimarremo qui. Vorrei farti visitare il castello di re Artù. Vedrai, ne rimarrai entusiasta. Ti verrò a prendere in aeroporto e andremo diretti. Tu non pensare a nulla, porta un abbigliamento caldo e sportivo, niente tacchi o gonne, meglio stivalacci e jeans.

Promesso, mi presenterò in tenuta da campagnola.
Grazie ancora e buonanotte.

Buonanotte e sogni d'oro.
Tuo Charles

"Buonanotte e sogni d'oro"? "Tuo Charles"? Ma allora è un vizio. E io passo dall'*Inferno* di Dante al *Paradiso riconquistato* di Milton.

Ora devo superare la settimana più lunga della mia vita. L'8 novembre mi sembra quasi un miraggio. Mi butto a capofitto nel lavoro come una forsennata per non pensare a nulla. Il capo mi fa i complimenti per la quantità di lavoro sovrumana che riesco a smaltire. Non sa che se potessi seguire l'istinto non rimetterei più piede in ufficio.

Barbara continua a farmi raccomandazioni di ogni genere. Mi dice di non illudermi che in un fine settimana possa accadere un miracolo. Ok, è una bella occasione per passare un compleanno in modo originale, ma è meglio non fantasticare troppo su quello che potrebbe succedere. Barbara ha ragione, e io mi sforzo di non fantasticare affatto. L'unica cosa che mi preoccupa è che conosco Charles talmente poco da non sapere nemmeno se ci troveremo bene insieme.

3

Una boccata di ossigeno

8 novembre

Finalmente è venerdì. Ho dovuto subire mille critiche in ufficio per uscire alle quattro. E dire che sono due settimane che lavoro dodici ore al giorno senza sosta! Comunque, incurante di tutti, alle quattro ho preso la mia borsa, ho chiamato un taxi e ora sono diretta all'aeroporto.

Sono in ansia, veramente in ansia, e continuo a pensare che la mia età anagrafica non coincida con quella biologica. A quindici anni gli ormoni non mi facevano tutti questi scherzi, ora che ne ho trenta mi sembra di impazzire.

In aeroporto tra check-in e controllo di sicurezza per fortuna non ho tempo per pensare. Metto il cellulare in modalità aereo e con le cuffie ascolto la *Sinfonia n. 7* di Beethoven, che ha sempre un potere rilassante su di me. Mi chiedo solo se ho fatto bene ad accettare questo invito.

Il bimbo seduto di fianco a me è tutto eccitato per l'atterraggio. Io lo sono quasi più di lui. Appena uscita dal gate, cerco Charles tra la folla. Mi viene incontro sorridente, mi abbraccia con calore e s'impossessa subito della mia valigia. Sembra contento di vedermi e io, per quanto possa sembrare strano, ho la sensazione di rivedere un vecchio amico.

Raggiungiamo la macchina. A bordo c'è Darcy che appena mi vede mi annusa da capo a piedi e mi salta in braccio. Forse anche lui si è affezionato a me.

Charles mi dice che ci vorranno un paio d'ore per arrivare a destinazione. Inizia a spiegarmi che stiamo andando nella parte più settentrionale della Cornovaglia, dove la natura è più selvaggia e ci sono alte scogliere a picco sul mare, le High Cliff. Pernotteremo in un piccolo cottage che dà sull'oceano. Mi assicura che dormirò benissimo, cullata dal suono delle onde che s'infrangono sulla scogliera.

Mentre Charles guida, guardo fuori dal finestrino nel tentativo di distinguere qualcosa, ma niente da fare. Siamo nel buio totale, ad eccezione dei fari della nostra auto che illuminano la strada. Non ho ancora visto nemmeno un cartello stradale, né case o altri segni di civiltà.

«Ma come fai a capire dove dobbiamo andare? È talmente buio qui.»

«Occhi da gatto» risponde con uno strano sorriso.

Inizio a percepire una certa agitazione. Ho accettato il suo invito praticamente senza conoscerlo. O meglio, so solo ciò che lui stesso mi ha raccontato. E se avesse ucciso lui sua moglie? Se fosse un assassino seriale che mi ha portato qui per farmi a pezzi non mi troverebbero mai più. Barbara sa che ho preso un aereo per Londra, ma non le ho detto che saremmo andati in Cornovaglia. Meglio mandarle un messaggio per dirle dove mi trovo. Controllo il cellulare ma non c'è campo. Ovvio che non ci sia copertura in un luogo così sperduto. Cerco di placare l'ansia e mi chiedo perché mi vengano in mente delle cose così assurde. Sarà la stanchezza o il mio pessimismo cronico.

Ci fermiamo vicino a un cottage con due lanterne che illuminano l'ingresso. Charles parcheggia l'auto, scende e viene ad aprirmi la portiera.

«Eccoci arrivati!» mi dice con un sorriso pieno di entusiasmo. No, non ha affatto l'aspetto di un serial killer.

«Vieni. Non posso mostrarti il posto perché con questo buio non si vede nulla, ma domani, con la luce del giorno, ti renderai conto che è un luogo meraviglioso.»

«Ne sono sicura.»

Mentre percorriamo un lungo vialetto per arrivare al cottage, sento cantare degli strani uccelli notturni. Per fortuna l'ingresso è illuminato. Charles estrae dalla tasca una chiave enorme. Pare che oltremanica si usino solo chiavi in stile Barbablù. Apre la porta ed entriamo in un salotto con un camino pieno di legna e pronto per essere acceso. L'arredamento è antico e sembra tutto curato nei minimi dettagli. L'unico problema è la temperatura, dire che fa un freddo pazzesco è riduttivo. Per fortuna Charles, rapidissimo, fa il giro di tutte le stanze e accende i vari camini, poi mi chiede se voglio qualcosa di caldo da bere. Annuisco e mi siedo davanti al camino per riscaldarmi.

Dopo qualche minuto, arriva con due tazze di tisana che accetto con gratitudine e bevo con piacere. Subito dopo si alza e mi accompagna al piano di sopra, insistendo per portarmi la valigia. Io dormirò nella prima camera sulla destra e lui sarà in quella di fianco.

«Buonanotte e grazie di tutto.»

«Buonanotte a te. Cerca di riposare bene, perché domani dobbiamo alzarci presto.»

Nessun contatto fisico tra noi, forse diventeremo buoni amici.

9 novembre

Ieri ero talmente stanca che appena chiusi gli occhi mi sono addormentata, preda di un sonno così profondo che di colpo sento Charles che bussa alla porta, dicendo che sono le otto di mattina. Otto di mattina?! Mi sembra di aver dormito mezz'ora, altro che sentire le onde dell'oceano che s'infrangono sulla scogliera. Mi vesto rapidamente e lo raggiungo.

Ora con la luce del giorno posso finalmente guardarmi intorno. Il cottage è isolato da tutto, con un prato verde scuro che digrada dolcemente verso l'oceano. Incantata, mi fermo a guardare le barche a vela che attraversano la baia.

Non so quanto a lungo sono rimasta a fissare il panorama, a un certo punto Charles mi raggiunge e mi dice che è ora di andare.

«Oggi andremo a visitare i resti del castello di Tintagel, che pare fosse proprio quello dei cavalieri della tavola rotonda. Dopo ti porto a vedere il giardino di cui mi sto occupando. Mi piacerebbe sentire il tuo parere, perché creare un giardino dove secoli prima ne esisteva già uno non è facile. A me piace tentare di ricostruire l'atmosfera dell'epoca e far capire a chi lo visita che quel posto ha una lunga storia piena di significato alle spalle.»

«Ma io non me ne intendo assolutamente di giardini!»

«È questo il bello, così il tuo parere sarà dettato soltanto dall'istinto e dal buon gusto.»

«E chi ti dice che io abbia istinto e buon gusto?»

«Ne sono sicuro. Forza, andiamo, non perdiamo altro tempo.»

Una cosa è certa: Charles è tutto fuorché pigro, ha l'entusiasmo e l'energia di un ragazzino. Lo seguo obbediente e saliamo in macchina. La giornata è fredda ma serena e il panorama è meraviglioso, scogliere a picco sull'oceano e distese infinite di verde. È come viaggiare tra le pagine di *Cime tempestose*.

Lasciamo l'auto in una piccola radura da cui si possono scorgere le rovine, che sono su un promontorio quasi inaccessibile. Charles si mette in spalla uno zaino e mi dice di seguirlo. Quando finalmente conquistiamo la vetta siamo di fronte a una vista mozzafiato, mi sembra quasi di vedere arrivare decine di cavalieri a cavallo, dopo la battaglia.

Charles, a questo punto l'uomo più organizzato che abbia mai conosciuto, ha portato una coperta, dei panini e un thermos con del tè caldo. L'idea di fare un picnic qui è splendida.

«Sai che Lancillotto, insieme a Robin Hood, era il mio eroe preferito da bambina? Forte, coraggioso e capace di lottare per la sua innamorata. Mi piace questo luogo.»

Charles sorride divertito. Non parliamo molto, ma il silenzio che c'è tra noi è piacevole e rassicurante. È uno di quei momenti in cui le parole potrebbero rovinare l'atmosfera magica che si è creata.

Finito il pranzo mi dice che sarebbe meglio partire, vuole portarmi a visitare il giardino prima che faccia buio. Ci incamminiamo su un sentiero diverso e più tortuoso, ma se possibile ancora più panoramico, di quello da cui siamo arrivati. A un certo punto per proseguire è necessario scendere da un pendio scosceso adiacente a un precipizio, Charles mi dà la mano per aiutarmi e per essere sicuro che io non perda l'equilibrio. La sua mano ha una presa ferma e salda, ma morbida e accogliente al tempo stesso. Un brivido mi attraversa da capo a piedi e il battito del mio cuore accelera. Pochi passi e il tratto pericoloso termina, vorrei restare mano nella mano con lui, ma non oso. Mentre lascio andare la presa con scarsa convinzione cerco di non guardarlo negli occhi, perché potrei arrossire vergognosamente.

Per fortuna arriviamo alla nostra auto, ripartiamo e lui mi spiega che stiamo andando ai Giardini Perduti di Heligan, luogo che ha cinquecento anni di storia. I giardini furono mantenuti con grande cura dai proprietari, la famiglia Tremayne, che vi ha abitato per circa quattrocento anni. Durante la Prima guerra mondiale la tenuta cadde in rovina e venne usata come ospedale da campo. Dopo decenni di abbandono e un devastante uragano nel 1990, stavano per scomparire per sempre. Quando però gli attuali proprietari scoprirono una minuscola stanza verde sepolta sotto i calcinacci, con una scritta incisa sulle mura di pietra che diceva "Non venite qui per dormire o riposare (agosto 1914)" con l'elenco dei nomi dei giardinieri che vi avevano lavorato, decisero di ridare vita al giardino. Venne organizzata una grande squadra di lavoro con un progetto di restauro che è durato diversi anni. Alberi secolari sono stati liberati dai rovi, dai rampicanti e dall'edera e ora antichi pascoli, boschi, orti, corsi d'acqua, stagni e laghetti prendono vita insieme agli animali selvatici che popolano questi luoghi.

Passeggiamo nel parco e Charles mi mostra alberi centenari, fiumiciattoli, misteriose sculture di fanciulle giganti e curiosi troll ricoperti di erba e muschio. Il pomeriggio vola, il buio cala all'improvviso ed è ora di rientrare.

Tornati al cottage, Charles rapidissimo accende il fuoco in tutti i camini della casa. Io mi offro di cucinare qualcosa, non sono abituata a essere così accudita. Ceniamo seduti per terra davanti al camino e parliamo dei posti bellissimi in cui siamo stati oggi. Sarebbe tutto molto romantico, ma ci comportiamo entrambi come vecchi e buoni amici. Forse è giusto così, nessuno di noi è alla ricerca di complicazioni, viviamo in due mondi così diversi che mi chiedo che senso avrebbe una fugace avventura della durata di un week-end.

Charles comunque non mi sembra un tipo da avventure, o forse non prova nessuna attrazione per me. *E io per lui?* mi chiedo. Se dovesse baciarmi non credo proprio che lo respingerei, ma dopo? Saremmo entrambi in imbarazzo e non ne ho affatto voglia. Non vorrei mai che il rapporto che si sta creando tra noi si guastasse per un passo falso.

Questa sera sì che sento le onde infrangersi sulle scogliere. Non riesco a prendere sonno, continuo a pensare a Charles e alla giornata che abbiamo trascorso insieme. Ripenso all'effetto che il semplice contatto con la sua mano mi ha procurato e mi rattristo un po', perché so che le relazioni a distanza non possono durare.

10 novembre

È già domenica. Charles dichiara di avere un programma a sorpresa per la giornata. Prendiamo l'auto e ci fermiamo dopo un'ora di viaggio in un punto da cui partono diversi sentieri a picco sul mare. Mi dice che si tratta della penisola di Lizard, uno dei luoghi più spettacolari della regione. A un certo punto il sentiero che stiamo percorrendo inizia a scendere e arriviamo in un'insenatura con una piccola spiaggia di un bianco abbagliante. Se non facesse così freddo penserei che siamo ai Caraibi: il mare è turchese e cristallino e la spiaggia è circondata da faraglioni imponenti. Si sente solo il rumore delle onde sulla battigia e sembra che non esistano altri esseri viventi all'infuori di noi. Darcy corre felice sulla sabbia, entrando e uscendo dall'acqua senza sosta.

Charles mi racconta che la penisola è famosa per i naufragi, perché su queste coste anticamente si sono schiantate più navi che in tutto il resto dell'Inghilterra.

Dal magico zaino estrae una coperta e il pranzo, e poi accende un falò per riscaldarci. Ieri eravamo entrambi silenziosi e rilassati, oggi l'atmosfera è completamente diversa, vivace e giocosa. Pranziamo, parliamo e scherziamo.

«Dimmi, qual è il tuo scrittore preferito?»

«Senza dubbio McEwan: colto, intelligente e divertente. Il tuo?»

«Naturalmente Jane Austen! Però concordo con te, dopo aver letto *Espiazione,* che mi ha folgorato, ho deciso di leggere tutti i libri di McEwan. Film preferito?»

«Uno solo è impossibile... quasi tutti i film di Woody Allen e sicuramente *The Artist*. Il tuo film del cuore?»

«Mi raccomando, non ridere. È un film da donne, ma non ho dubbi. *L'amore non va in vacanza* di Nancy Meyers, l'ho visto talmente tante volte che conosco i dialoghi a memoria. Pensa che se non fosse per quel film non mi sarebbe mai venuto in mente di andare in vacanza facendo uno scambio di casa...»

«Allora concordo: anche se non l'ho visto, splendido film. Compositore preferito?»

«Beethoven. Quando ho bisogno di rilassarmi, sto male o non riesco ad addormentarmi, la *Sinfonia n. 7* fa miracoli e tutto svanisce...»

«Io invece amo i suoni della natura. Nessuna

sensazione è per me così meravigliosa come quella che mi trasmette l'essere in barca in mezzo al mare e ascoltare solo il rumore delle onde e del vento.»

«Luogo del cuore?» chiedo io.

«Questo, è una delle insenature dove amavo venire in barca. Per fortuna non ho mai fatto naufragio! Il tuo?»

«Un piccolo cottage nel Surrey. Non sono mai stata così bene in nessun luogo come a casa tua.» Ora che ho confessato del tutto spontaneamente questa sensazione, mi vergogno un po' e cerco di passare ad argomenti più frivoli. «Cibo preferito?»

«Da quando sono stato in Italia senza dubbio la pasta, di qualunque tipo.»

«Ahahah... tutti gli stranieri invidiano la nostra cucina.»

Continuiamo così per parecchio tempo. Tocca ancora a me: «Cosa ti fa paura?».

«Che il tempo passi troppo in fretta e di arrivare alla fine senza essermene reso conto... Tu di cosa hai paura?»

Per qualche ragione mi sento a mio agio a rispondere anche alle domande più intime e dolorose. Allora gli dico: «Di rimanere sola. Ho sempre creduto che avrei trovato un grande amore con cui condividere tutto, ma il tempo passa e incomincio a temere che non sarò così fortunata. Però non mi fraintendere, non cerco un fidanzato o un marito e basta».

«Sono sicuro che troverai un grande, anzi, grandissimo amore. Sei talmente giovane.»

Era da tanto che non incontravo un uomo così interessante da avere voglia di scoprire tutto su di lui. Non ricordavo nemmeno più lo stupore e l'entusiasmo delle prime ore trascorse insieme a una persona che non conosci ma che ti affascina. La magia di quelle prime volte in cui tutto è nuovo, da svelare, quando le giornate si consumano in un istante, tale e tanta è la voglia di scoprirsi, di sapere tutto dell'altro e di condividere pensieri ed emozioni.

Le ore volano e potremmo andare avanti all'infinito, ma quando guardo l'orologio lancio un urlo. È tardissimo e rischio di perdere il mio volo.

Charles, con calma molto britannica, mi dice che è tutto sotto controllo e di non preoccuparmi, mi porterà in aeroporto per tempo. Mettiamo via tutto e ci incamminiamo con andatura spedita. Saliti in auto il mio stato di euforia svanisce e mi sento pervasa da una grande malinconia. Da quanto tempo non mi capitava di stare così bene con qualcuno? Anni. Forse da tutta la vita.

Non vorrei che Charles interpretasse male il mio silenzio. «Non so come ringraziarti per le giornate che abbiamo trascorso insieme. Mi hai mostrato dei luoghi meravigliosi e sono stata molto bene, talmente bene che non ho nessuna voglia di partire. Davvero un bellissimo regalo di compleanno.»

«Il mio regalo per te è un consiglio: non devi mai sentirti prigioniera della tua vita. Se ti rendi conto che stai andando nella direzione sbagliata, allora è il momento di rimescolare le carte. Io l'ho già fatto due volte e ti assicuro che dopo ti senti molto più leggero.»

«Ti credo, ma bisogna trovare il coraggio dentro di sé.»

È il momento dei saluti. Devo farmi forza, ma ho gli occhi già lucidi. Charles mi sorride e mi guarda intensamente, poi mi dà un bacio rapidissimo e dolce sulle labbra augurandomi buon viaggio. Prima di superare i controlli sicurezza, mi volto per guardarlo un'ultima volta. Lui mi fa un cenno con la mano e se ne va.

Le mie labbra scottano ancora per il contatto con le sue, eppure è stato solo un rapido bacio di saluto, un bacio lieve e morbido come un petalo di rosa. Potrei forse innamorarmi di lui? O lo sono già?

Appena riaccendo il cellulare trovo due messaggi. Il primo è di Barbara: *Sei ancora viva? Ho provato a telefonarti a tutte le ore, ma il tuo numero risultava sempre irraggiungibile. Chiamami presto, mi devi raccontare tutto!*

Il secondo è di Charles: *Ben rientrata in Italia, è stato bello averti qui. Non dimenticare mai che sei padrona del tuo destino. Tuo affezionatissimo Charles.*

Leggendo il suo messaggio mi si apre il cuore. Caro Jude, per la prima volta dopo tanto tempo inizio a credere che tu non sia l'unico uomo meraviglioso del pianeta. Siete almeno in due, in ogni caso entrambi inglesi.

Prendo un taxi e torno a casa, questa volta con più fiducia nel futuro. Ho trentun anni e posso ancora fare ciò che voglio della mia vita. Magari, per prima cosa, licenziarmi.

Mando un messaggio a Barbara invitandola a cena da me domani sera per raccontarle tutto. Poi rispondo anche a Charles: *Farò tesoro del tuo consiglio, grazie di cuore, Eleonora.* Vorrei scrivere un messaggio diverso, più intimo, ma lascio stare.

4

Cambio vita

11 novembre

È di nuovo lunedì. Questo però è un lunedì molto diverso. Ho comunicato al mio capo che con le vacanze di Natale cesserò la mia collaborazione con lo studio. Nel farlo ho causato un certo sconcerto, mi è stato proposto anche un aumento, ma ho risposto che non si tratta di denaro (cavolo, avrei potuto provarci prima!) e quando mi è stato chiesto in quale studio concorrente andrò a lavorare ho detto che no, non lavorerò in un altro studio legale.

Ma come?! Nessuno ci crede. Eppure sono certa che fare l'avvocato non sia l'unico lavoro rispettabile dell'universo. I miei colleghi non sembrano pensarla allo stesso modo, sono dispiaciutissimi e pensano che io stia nascondendo qualcosa. Non riescono a concepire che ci si possa dimettere senza avere già un'alternativa pronta. Io credo invece che proprio facendo spazio nella mente e nel cuore si liberi la strada alle alternative migliori. Comunque non vedo l'ora di raccontare tutto a Barbara.

Ore otto, finalmente esco dall'ufficio e torno a casa. Questa sera ho deciso che cucinerò qualcosa di buono e sfizioso, ho intenzione di stupire la mia amica, oltre che con notizie esplosive, anche con qualche manicaretto. Barbara è la migliore amica del mondo, so che prova grande affetto per me e mi ha sempre incoraggiato in ogni situazione. Spero che sia così anche questa volta.

Alle nove la cena è pronta: zuppa di cipolle e roast beef con topinambur. Sono estremamente soddisfatta del risultato. Se avessi saputo che era sufficiente dimettersi per ritrovare il gusto di cucinare, mi sarei posta molte più domande.

Suona il campanello. Appena apro, Barbara mi abbraccia calorosamente e inizia a parlare.

«Voglio sapere tutto, non tenermi sulle spine! Sono o non sono la tua migliore amica?»

«Certo che lo sei, e sempre lo sarai, anche se dovessi andare a vivere in capo al mondo.»

«Perché, hai intenzione di traslocare?»

«Chi può dirlo, per ora mi sono solo dimessa.»

«Cosa?! Scusa, ora mi siedo e tu mi racconti tutto dall'inizio perché devo aver perso dei passaggi.»

«Be', sono mesi che ti dico che non ne posso più di lavorare in quello studio, quindi non dovresti essere così sorpresa. Domenica, tornando a casa, ho pensato che non posso andare avanti così. Come mi ha detto Charles, ognuno di noi è padrone del proprio destino, quindi è inutile continuare a lamentarsi e non fare nulla per cambiare.»

«Come ti ha detto Charles? È lui la causa di tutto? Ti sei presa una cotta per lui e ora speri che essendo disoccupata ti proponga di andare a vivere da lui? È successo qualcosa in questo fine settimana tra voi?»

«No, nulla. Mi ha portato in luoghi meravigliosi, è stato molto gentile e dolce, ma non credo sia interessato a me in quel senso. Forse gli faccio un po' pena perché gli ho confessato quanto sia insoddisfatta della mia vita.»

«Mi stai dicendo che non è successo nulla tra voi anche se siete stati da soli nel posto più sperduto del pianeta?»

«Proprio così, un abbraccio in aeroporto al mio arrivo e un brevissimo bacio di saluto in aeroporto alla partenza. Questo è tutto, anche se devo confessarti che sento ancora le sue labbra sulle mie.»

«Anche se dici che non è interessato a te in quel senso, credo che tu ti stia ugualmente innamorando di lui. Stai prendendo delle decisioni del tutto avventate perché ti sei come minimo infatuata di lui. Ma visto che la notte porta consiglio, domani vai dal tuo capo e gli dici che oggi stavi scherzando.»

«Non ci penso proprio! L'unica cosa di cui sono certa in questo momento è che non voglio più lavorare in quel posto. Se l'ho capito per merito di Charles allora devo soltanto ringraziarlo. E poi non credo di essermi innamorata di lui, semplicemente è un uomo fantastico che mi ha fatto capire che non esiste solo "Jude l'irraggiungibile".»

«Cosa mi tocca sentire? Certo che sei innamorata di lui. Piuttosto dimmi: visto che sei senza lavoro, come pensi di mantenerti e pagare l'affitto?»

«Ho tempo sino a dicembre per trovare una soluzione, pensavo di iniziare mandando il mio curriculum ad alcune case editrici proponendomi per delle traduzioni. Potrei lavorare più in autonomia, e credo che tradurre libri mi darebbe molta più soddisfazione che stilare contratti e pareri legali.»

«Non voglio scoraggiarti, ma dubito che i guadagni come traduttrice si avvicinino anche lontanamente al tuo stipendio. Senti, per ora godiamoci la cena squisita che hai preparato e parlami della Cornovaglia.»

Barbara spesso ricopre il ruolo della mia coscienza e del buon senso, ma questa volta non ho intenzione di ascoltarla. So che sto finalmente facendo la cosa giusta, spero solo che il destino e la fortuna mi assistano. D'altronde non sono tutti così fortunati come lei, che ha un lavoro appassionante. Barbara ha sempre adorato gli animali e ha scelto di diventare veterinario. A parte la tristezza e l'impotenza che prova quando le capita di non poter salvare un paziente, non c'è giorno in cui non senta di essere stata veramente utile, sensazione che io al contrario non provo quasi mai.

Da quando vado in ufficio con la consapevolezza di doverci stare ancora per poco, ho il cuore leggero e sono di ottimo umore, i miei colleghi sono quasi invidiosi del mio coraggio. So che sentirò la loro mancanza, ma so anche di aver preso la decisione giusta.

Non ho ancora detto nulla a Charles, non mi ha più scritto e preferirei che fosse lui a farlo per primo. D'altronde apparteniamo a due mondi talmente diversi che non vedo come potremmo avere un futuro insieme. Ciò che so è che gli sarò per sempre grata di avermi aiutato a conoscere me stessa.

25 dicembre

Il Natale è per me da sempre uno dei periodi più difficili dell'anno. La solitudine non va d'accordo con le festività. Quest'anno però sono incredibilmente serena. Innanzitutto perché il 23 dicembre ho fatto gli auguri a tutti i miei colleghi e ho detto addio allo studio dove ho lavorato per otto anni. Varcando, come si suol dire, la soglia dell'ufficio per l'ultima volta, ho provato un senso di liberazione e sollievo assoluti.

In beata incoscienza, non ho alcun rimpianto o timore. Come mi manterrò non è ancora ben chiaro, per ora ho iniziato una collaborazione con una piccola casa editrice che ha bisogno di traduzioni dall'inglese all'italiano di saggi, favole e racconti. Poi si vedrà.

L'altra novità è che la settimana prossima tornerò in Gran Bretagna. Charles mi ha proposto di raggiungerlo per andare in Scozia con dei suoi amici – a suo dire, pochi ma buoni – per qualche giorno, quantomeno non passerò il capodanno qui a Milano. In questi mesi non ci siamo scritti spesso e io mi sento più distaccata e lucida nei suoi confronti. Gli ho semplicemente detto di non avere programmi per le vacanze e lui mi ha invitato, credo più per compassione che per altro. Da buon uomo di mare, dev'essere abituato a rispondere agli s.o.s. dei naufraghi. Perciò il 30 dicembre volerò a Glasgow, Charles mi verrà a prendere all'aeroporto e andremo insieme a casa di un suo amico sull'isola di Skye. Sarà un capodanno fuori dal comune, senza fuochi d'artificio o cenoni, e sono decisamente più contenta così.

Barbara continua a farmi raccomandazioni, a dirmi di non illudermi che stia per succedere un miracolo o che stia per nascere la grande storia d'amore della mia vita. Le ho garantito che non me l'aspetto di certo, sono molto più tranquilla e serena dell'estate scorsa. Ho assunto un nuovo atteggiamento: accettare ciò che la vita ha in serbo per me senza grandi aspettative. E quindi, cosa chiedere di più, oltre alla possibilità di visitare luoghi meravigliosi grazie a un amico conosciuto per caso?

I pochi giorni che mi rimangono prima della partenza scorrono lenti e tranquilli. Finalmente ho smesso di lavorare quindi posso preparare tutto con calma. Milano si è svuotata perché molti sono già partiti per le vacanze, e io sono talmente rilassata che trovo la città persino più bella.

30 dicembre

È finalmente arrivato il giorno della partenza. Qui piove e fa freddo, però credo sia niente in confronto a ciò che mi attende in Scozia. L'aereo dovrebbe atterrare a mezzogiorno, così avremo tutto il tempo per raggiungere l'isola prima di sera. Saremo ospiti di una coppia di amici di Charles che si sono trasferiti lì due anni fa.

Rivedere Charles, che mi sta aspettando all'ingresso degli arrivi, mi fa lo stesso effetto di chi torna a casa dopo tanto tempo. È una sensazione bella e strana, considerato che abbiamo trascorso insieme non più di 72 ore. Lo abbraccio, il suo sorriso mi riempie il cuore e il suo profumo mi fa come sempre venire i brividi. Per fortuna avevo deciso di essere più distaccata! Forse mi sto davvero complicando la vita.

Prende la mia valigia e mi conduce all'auto, dove c'è l'immancabile Darcy che appena mi vede si mette a scodinzolare a più non posso. Anche lui accresce la mia sensazione di ritorno a casa dopo un lungo viaggio.

Il tragitto per l'isola di Skye dura più di tre ore, in macchina parliamo poco, ma sento che stiamo bene così. Arriviamo a destinazione alle quattro del pomeriggio, prima che cali l'oscurità. C'è soltanto una casa incastonata in una baia pittoresca nella parte sud dell'isola, di fronte a colline ricoperte di neve.

«Siamo arrivati, ti piace?» mi chiede Charles.

«Come potrebbe non piacermi? È a dir poco meraviglioso e tu sei troppo gentile.»

«Non sono mai stato bravo a maltrattare le donne...»

«Allora sei perfetto, la donna che conquisterà il tuo cuore sarà fortunata.»

«Non credere, in realtà sono pieno di difetti.» Mentre parla scoppia a ridere.

Be', direi che è di buon umore. All'improvviso, mentre scherza e sorride, mi sembra molto più giovane. Parcheggia l'auto in un vialetto che conduce a una casa bianca di due piani, con grandi vetrate al piano terra di fronte a un prato verdissimo che digrada verso il mare. Entriamo in casa e Charles mi presenta ai suoi amici, John e Susan, marito e moglie, che prima di venire a vivere qui facevano gare di vela con lui. Nel pomeriggio arriverà anche un altro loro amico, tale William, così saremo in cinque, numero che non crea imbarazzi di coppie o pseudo coppie.

I padroni di casa sono davvero simpatici. Susan mi accompagna nella mia camera, che ha un panorama meraviglioso sulla baia, pavimenti in legno chiaro, un letto matrimoniale e il soffitto a travi di legno sbiancato. Dalla stanza si accede a un piccolo bagno privato bianco e grigio con una minuscola finestra che si affaccia sulle montagne.

Susan si rivolge a me.

«Sono contenta che tu sia nostra ospite. Dimmi, da quanto tempo vi frequentate tu e Charles?»

«In realtà ci siamo conosciuti in un modo strano: abbiamo fatto uno scambio di casa per le vacanze estive. Lui ha vissuto nel mio appartamento a Milano e io nel suo cottage nel Surrey per due settimane, ad agosto. E comunque non ci stiamo frequentando nel senso che intendi tu, siamo solo amici. Nuovi amici, direi...»

«Sarei davvero felice se Charles riuscisse a innamorarsi di nuovo. La solitudine è una brutta cosa.»

«Lo dici alla persona giusta! Comunque, davvero, credo che tra noi possa esserci solo della sincera amicizia.»

«Non si può mai sapere. In fondo anche John e io siamo stati amici e compagni di vela per diversi anni, poi d'un tratto ci siamo accorti che avere per compagno il migliore amico può essere una gran fortuna.»

«Siete stati bravi a capirlo e fortunati a trovarvi.»

«Sai, a volte le persone giuste sono proprio davanti a noi e non le vediamo. Ti prego scusami, mio marito mi dice sempre che parlo troppo! Ora ti lascio, così puoi disfare le valigie. Scendi pure quando vuoi.»

«Ti ringrazio.»

Disfo la valigia e faccio una doccia, indosso un paio di jeans con un maglione rosso e scendo al piano terra. È arrivato anche William, che avrà più o meno la mia età. Alto, moro, occhi verdi e un sorriso smagliante.

Sembra perfettamente consapevole del suo fascino sulle donne, sicuro di sé, scanzonato e sornione. La sua presenza però mi procura una sensazione di insicurezza e disagio. Ci presentiamo e lui, facendomi l'occhiolino, mi dice che sarà un capodanno fantastico, perché sull'isola di Skye si vedono più stelle che in qualunque altra parte del mondo e se siamo fortunati potremo assistere anche allo spettacolo dell'aurora boreale. Fa anche lo spiritoso!

Meno male che arriva Charles, con cui mi sento molto più a mio agio e che trovo piacevolmente rassicurante.

Susan sta cucinando un piatto tipico della zona, del salmone bollito molto lentamente in acqua e vino, con aneto e alloro. Vado a vedere se ha bisogno di aiuto, quantomeno per apparecchiare. La casa è accogliente e curata, chiedo a Susan cosa fanno da quando sono venuti a vivere qui e mi risponde che John lavora prevalentemente da casa. Si occupa della progettazione di barche a vela. Si sono trasferiti su quest'isola perché vorrebbero avere dei figli. Ci stanno provando ma ancora nulla, comunque hanno deciso di lasciare che sia la natura a fare il suo corso, se non dovesse accadere significherebbe che non era destino.

La cena è pronta e ci sediamo a tavola. La compagnia è davvero ben assortita, si capisce che sono ottimi amici, credo che starò bene con loro.

Dopo cena usciamo a fare due passi e ammirare il panorama. Per ora poche stelle e niente aurora boreale, ma il cielo ha dei colori strepitosi, non ho mai visto nulla di simile. William fa sempre lo spiritoso e il galante, mi viene il sospetto che stia cercando un'avventura per l'ultima notte dell'anno e probabilmente io sono l'unico soggetto disponibile di tutta l'isola. Potrei anche stare al gioco, ma non voglio correre il rischio di offendere Charles e non sono certo alla ricerca di avventure da una notte.

Con le sue solite doti telepatiche, Charles si avvicina a me.

«Cosa ne pensi di William? Affascinante, vero?»

«Senz'altro, assomiglia a Raoul Bova, un attore italiano che piace a tutte le donne. Però non è il mio tipo.»

«Peccato.»

Come al solito faccio fatica a capire cosa accade intorno a me, spero che Charles non mi abbia invitato per farmi cadere tra le braccia di William. Chiudo la conversazione e con la scusa del freddo rientro in casa. Mi siedo davanti al camino e inizio a domandarmi se ho fatto bene a venire. Non posso nemmeno mandare un messaggio a Barbara, perché mi ritrovo sempre in luoghi dove la rete dei cellulari non esiste. Mentre sono incantata a guardare il fuoco, Charles si siede di fianco a me.

«Ehi, ho detto qualcosa di sbagliato? Stavo scherzando a proposito di William, sono solo abituato al fatto che tutte le donne cadano ai suoi piedi. Se non è il tuo tipo tanto meglio, anche perché è un cavallo matto che non si è ancora fatto domare da nessuna.»

«Sono rientrata perché avevo freddo, davvero.» Non credo di averlo convinto, ma non voglio certamente fargli capire che ci sono rimasta male.

Rientrano tutti, William sfodera il suo meraviglioso sorriso e John ci offre un whisky che viene prodotto sull'isola, uno scotch di puro malto della distilleria Talisker. Non sono un'esperta, ma lo trovo buonissimo, ha un gusto un po' salato e quasi piccante. Forse ho bisogno di ubriacarmi, così non penserò più a nulla.

Dopo un'ora di chiacchiere e whisky ci salutiamo e andiamo nelle rispettive stanze, perché pare che domani ci si debba svegliare presto per non so quale programma. Non ho capito bene, perché temo di non essere più così lucida. Auguro la buonanotte a tutti e vado a dormire.

31 dicembre

Non ho la più pallida idea di che ore siano, qualcuno deve aver chiuso le persiane per me ieri sera. Sento però gli altri che parlano e decido di alzarmi. Apro la finestra e vedo che il cielo è quasi sereno, a parte qualche nuvola striata di rosa e viola.

Mi vesto e scendo al piano di sotto. Susan sta preparando la colazione, così vado ad aiutarla. Sta cucinando pancake e waffle, il profumo mi fa venire una fame incredibile. Poco dopo arrivano anche Charles e William da non so dove, mentre John è fuori per la sua corsa mattutina.

Ci sediamo a tavola, la colazione è ottima e faccio i complimenti a Susan, non so davvero come ringraziarla per la sua ospitalità. Mi accorgo di non essere stata particolarmente educata, non ho portato neanche un piccolo omaggio ai padroni di casa. Devo assolutamente chiedere a Charles di aiutarmi a prendere un dono per lei prima di ripartire.

Io sono la più giovane del gruppo, ma sono tutti molto più avventurosi di me. Pare che il programma della giornata sia prendere la barca per arrivare in un punto molto panoramico dell'isola e cenare al largo. Charles mi raccomanda di coprirmi bene, non so se sono abbastanza attrezzata perché non pensavo certo di finire in Alaska. Susan però mi ha detto che può prestarmi tutto ciò che mi manca. Certo che con un gruppo di velisti inglesi non potevo aspettarmi un capodanno tranquillo nell'unico ristorante dell'isola.

William continua a stuzzicarmi, ma ormai credo

di aver capito che è il suo modo di fare con chiunque sia di sesso femminile, niente di personale. Charles invece è sempre molto carino con me.

Quella di John e Susan è una barca con lo scafo blu e legno lucidissimo, un vero gioiello. Si chiama Joy ed è una Hinckley DS 42 lunga 13 metri con due alberi con le vele bianche, un enorme timone di legno e due lunghe panche con cuscini di tela blu bordati di bianco.

Dopo pochi e rapidi preparativi saliamo tutti a bordo. Io sono l'unica neofita inesperta e mi sento stupidamente inutile, mi astengo dal fare domande e chiedere se posso essere d'aiuto perché sono sicura che farei delle gran figuracce. Questo è uno di quei casi in cui è meglio far finta di non esistere. Con noi viene anche Darcy, che sembra molto più a suo agio di me.

Sono una squadra ben affiatata: ognuno di loro sa esattamente cosa fare, si scambiano solo qualche cenno e in un attimo stiamo già prendendo il largo. Il mare è tranquillo, ma c'è un vento teso che gonfia le vele e prendiamo rapidamente velocità. Nessuno parla, è uno di quei momenti in cui il silenzio è perfetto. Si sente solo il rumore dello scafo che si apre un varco nell'acqua e delle vele gonfie di vento: non potrebbe esserci musica più bella.

Ci allontaniamo dall'isola e navighiamo per più di un'ora passando davanti al castello di Eilean Donan. Lo riconosco subito perché è il castello più famoso e fotografato di Scozia, dove hanno ambientato moltissimi film. Visto dal mare è meraviglioso. Proseguiamo finché arriviamo in una baia simile a un fiordo, le coste sono tutte frastagliate, il cielo mescola colori quasi inquietanti: azzurro, rosa, viola e grigio. Inizio a sospettare che William non mi prendesse in giro quando diceva che avrei visto l'aurora boreale.

Decidono di fermarsi e l'atmosfera si trasforma, ora sono tutti scherzosi e rilassati. Susan – la nostra favolosa ed efficientissima cuoca – ha già preparato uno spuntino con tartine, tramezzini e vino bianco.

William dice che essendo l'ultimo giorno dell'anno ognuno di noi deve esprimere un desiderio, e visto che siamo tutti vecchi e buoni amici dobbiamo confessare il desiderio più profondo dinanzi a questo cielo incantato!

Si rivolge a me per prima. «Eleonora, benvenuta tra noi, a te l'onore di esprimere il tuo desiderio più grande per prima.»

Ho deciso di stare al gioco e di essere sincera. «Per il nuovo anno desidero una nuova vita. Tu invece?»

«Fare il giro del mondo in barca a vela. Susan, ora tocca a te.»

Susan, con grande serietà e nessun imbarazzo, risponde: «Un figlio».

John si unisce alla moglie esprimendo lo stesso desiderio. Sono una splendida coppia, meriterebbero davvero di essere esauditi.

Ora tocca a Charles, che senza esitazioni dichiara: «Riuscire a essere sempre felice come in questo momento insieme a voi».

Terminato il momento delle confessioni prendo la macchina fotografica, perché non credo che mi ricapiterà l'occasione di assistere a uno spettacolo simile. So che sono i ricordi a tenere vivi i momenti più belli della nostra vita, ma in questo caso cercare di immortalare lo scenario è d'obbligo.

William viene a sedersi vicino a me, m'irrigidisco e mi sposto per non entrare in contatto fisico con lui, che subito se ne accorge e mi dice: «Guarda che non ci sto provando con te, e se anche fosse, ti sembrerebbe una cosa così tremenda? Di solito non faccio questo effetto alle donne!».

«Non fare il finto modesto, mi sembri perfettamente consapevole del tuo fascino e di che effetto fai alle donne. Semplicemente non sei il mio tipo.»

«Charles invece è il tuo tipo?»

«Siamo solo amici» rispondo con un certo nervosismo.

«Charles è uno dei miei migliori amici. Ha sofferto moltissimo, finalmente si sta riprendendo e non si merita di stare ancora male, per cui ti prego di non ferirlo. Se desideri divertirti e avere una fugace avventura da vacanze di Natale, mi offro volontario.»

«Devi esserti fatto un'opinione sbagliata di me, non cerco nessuna avventura natalizia e sono davvero affezionata a Charles, anche se ci conosciamo da poco, quindi puoi stare tranquillo.»

«Allora amici come prima, anzi, più di prima.» Mi fa l'occhiolino e se ne va. Sarà anche un seduttore scanzonato, ma è di sicuro un buon amico.

Fa molto freddo, ma decidiamo di soffrire pur di non perderci lo spettacolo dell'oscurità che sta calando sempre più rapidamente. La serata vola e si mettono tutti al lavoro per tornare a casa. Io tengo Darcy in braccio perché mi sembra l'unica occupazione dignitosa, vista la mia totale incompetenza.

Per tornare al porto impieghiamo molto meno tempo rispetto all'andata, immagino perché il vento e le correnti sono più favorevoli. All'una siamo a casa stanchi e infreddoliti, soprattutto io che non ho fatto nulla. Dopo gli auguri di buon anno e buonanotte, mi ritiro nella mia camera, pronta a dormire un sonno profondo e ristoratore.

1 gennaio

Primo giorno dell'anno. Il chiarore dell'alba è apparso repentinamente, come se all'improvviso qualcuno avesse acceso la luce. La serata di ieri è stata fantastica, penso che non avrei potuto desiderare niente di meglio.

Mi vesto, scendo a fare colazione e, inutile dirlo, trovo tutti già svegli da molto prima di me, nonostante sia prestissimo. Il programma di oggi è un'escursione a piedi nella penisola del Trotternish. Mi spiegano che si tratta di una lingua di terra lavica, lunga più di venti miglia, con numerosi sentieri che si snodano attraverso le colline.

Charles mi consiglia di fare una colazione abbondante perché mi serviranno molte energie. Aiuto! Spero di non fare figuracce, perché sono la più giovane ma di sicuro la meno allenata.

Durante il viaggio in auto mi spiegano che stiamo andando in uno dei luoghi più caratteristici e misteriosi dell'isola. Ho la sensazione che mi stiano prendendo in giro a turno, raccontandomi aneddoti fantasiosi e miracolosi.

Lasciamo l'auto in una piazzola e percorriamo un sentiero tortuoso fra strapiombi e passi di montagna, che ci conduce ai piedi di un'immensa colonna di roccia alta almeno cinquanta metri veramente imponente e impressionante. È soprannominata Old Man of Storr e ha la forma di una foglia di salice. Proseguiamo su un promontorio a picco sul mare in mezzo a piccoli laghi che sembrano usciti da un libro di fiabe. In effetti, se vedessi comparire all'improvviso gnomi, troll, fate o cavalieri non mi stupirei. La forza della natura in questo luogo è tale da far prevalere l'istinto sulla ragione e far sembrare tutto magico e misterioso.

Mentre camminiamo in fila indiana, William mi affianca e inizia a parlare: «Come hai passato l'ultima notte dell'anno? Riposato bene?».

«Benissimo direi, soprattutto dopo la fantastica giornata di ieri. Pensavo che mi stessi prendendo in giro a proposito delle stelle e delle aurore di quest'isola, invece non avevo mai visto un cielo così spettacolare in tutta la mia vita.»

«Come puoi aver pensato che mi stessi prendendo gioco di te? Sono sempre così serio...» Mentre parla scoppia a ridere.

«Ti conosco poco, e mi è davvero difficile capire quando sei serio e quando scherzi.»

«Non c'è niente da capire, anche le cose più serie si possono dire scherzando. Molta gente dice un sacco di cose stupide in modo serio, io faccio l'esatto contrario.»

«Effettivamente è un modo per correre meno rischi. Qualunque cosa tu dica, chi ti ascolta rimane nel dubbio se prenderti sul serio oppure no.»

«Appunto! Se ora ti chiedessi di venire a fare il giro del mondo in barca con me, cosa diresti? Hai espresso il desiderio di una nuova vita per l'anno nuovo e hai appena lasciato il tuo lavoro. Quindi perché no?»

«Sei veramente matto! All'inizio ti ho giudicato male, mi sembravi il classico vanesio. Invece sei proprio simpatico. Comunque ieri è stata la mia prima volta in barca a vela, quindi mi sembrerebbe un vero azzardo partire per il giro del mondo.»

«Il momento migliore per partire è la primavera. Hai tempo per pensarci.»

«Ci rifletterò su.»

È la proposta più assurda che abbia mai ricevuto in vita mia e non credo che potrei mai accettare, anche se in questo luogo tutto sembra possibile.

Si sta facendo buio e stiamo ritornando alla macchina per rientrare a casa. L'atmosfera generale è di grande pace e serenità. Una volta arrivati, Susan si mette subito a preparare la cena, è veramente una donna instancabile. Io mi siedo davanti al camino che esercita sempre un grande fascino su di me, Charles mi viene accanto e mi sorride. Ha un sorriso sincero e generoso e mi stupisce sempre per la facilità con cui riesce a leggermi nel pensiero. «Sono felice che tu abbia fatto amicizia con William, anche se dici che non è il tuo tipo.»

Mi chiedo perché ci tenga così tanto. «Siamo diventati talmente amici che mi ha proposto di fare il giro del mondo in barca con lui. Anche se ieri ho espresso il desiderio di cambiare vita, non avevo in mente un cambiamento così radicale.» Mentre lo dico sorrido all'idea.

«La cosa più divertente è che se tu accettassi, William ti direbbe "okay" e si metterebbe a organizzare tutto per la partenza. È talmente imprevedibile che bisogna stare sempre molto attenti a prenderlo sul serio.»

«Infatti mi ha confidato che anche se parla in modo scherzoso le cose che dice sono molto serie.»

«Quindi hai deciso di accettare l'invito?»

Mi viene da chiedermi chi sia più matto dei due. «Tu cosa ne pensi? Considerando che ieri è stata la mia prima esperienza in barca a vela, per quanto sensazionale, gli ho risposto che devo pensarci. Ovviamente non ci andrò.»

«Peccato, sono sicuro che alla fine andreste d'accordo.»

«Inizio a pensare che tu mi abbia invitata per farmi incontrare William. Eppure non credo che le donne gli manchino.»

«Infatti non avevo in mente niente del genere. Ti ho invitato perché ero sicuro che ti saresti trovata bene con noi. Nessun secondo fine, giuro.»

È tutto il giorno che mi sembra di fare conversazioni surreali, tra Charles e William è difficile stabilire chi dei due sia più originale.

William ci raggiunge con dei bicchieri di birra e si siede con noi. Inizia a discutere con Charles su tempi, tappe e itinerari della famosa traversata transoceanica. Sono entrambi molto seri, William ha già deciso quasi tutto. Ha anche trovato uno sponsor che rimborserà i costi del viaggio, per cui sembra ormai cosa fatta, deve solo trovare un valido compagno.

La cena è pronta e ci sediamo a tavola, Susan ha preparato una torta di sfoglia ripiena di stufato di coniglio con patate al forno. Dopo la lunga camminata di oggi abbiamo tutti un grande appetito.

William domani partirà. All'inizio non vedevo l'ora che se ne andasse perché il primo giorno continuava a prendermi in giro. Ora, invece, un po' mi dispiace, perché è un tipo davvero generoso e divertente. Con il suo fare scherzoso tiene alto il morale di tutti e il suo atteggiamento da seduttore è solo un tratto della sua ironia.

Tra due giorni purtroppo partirò anch'io. L'idea di tornare in Italia non mi esalta, ma mi angoscia molto meno del solito, perché quantomeno non metterò più piede nel vecchio ufficio.

Penso a John e Susan che vivono qui tutto l'anno e mi chiedo come ci riescano. A casa di Charles stavo benissimo, e per quanto mi sembrasse di essere isolata nel bel mezzo della campagna inglese, non era nulla in confronto a questo posto sperduto. Mi sembrano felici, inoltre hanno tanti amici che vengono spesso a trovarli, per cui probabilmente non si sentono mai soli.

Domani è il mio ultimo giorno nell'isola e ho chiesto a Charles se può accompagnarmi in paese per prendere un regalo a Susan. È stata talmente gentile e ospitale con me che vorrei davvero trovare un modo per ringraziarla.

2 gennaio

Mi sveglio presto e quando scendo per la colazione, trovo solo William che ha già preparato i bagagli.

«Buongiorno, dormito bene?» mi chiede venendomi incontro.

«Sì grazie, e tu?»

«Io dormo sempre bene, purché ci sia silenzio e buio.»

«Abbiamo una cosa in comune, anche per me è così.»

«La barca, infatti, è il posto dove dormo meglio.» Mi fa l'occhiolino e scoppia a ridere. «Abbiamo molte più cose in comune di quello che pensi, credimi. È quasi ora che parta, mi ha fatto davvero piacere conoscerti. E mi raccomando... se cambi idea sul giro del mondo in barca fammi un fischio!» Si avvicina e mi abbraccia calorosamente, per poi andare a portare le borse in macchina. Sono sicura che la sua presenza così allegra mancherà a tutti noi.

Mentre William è fuori arriva Charles, con un'espressione molto più seria e corrucciata del solito. Mi saluta e dice che se lo desidero mi può accompagnare a Portree, l'unico luogo dell'isola dove potrei trovare un regalo per Susan. Lo ringrazio e accetto, vado a prendere giacca e borsa, salutiamo gli altri e partiamo.

In macchina Charles è concentrato nella guida, mi avvisa che ci vorrà circa un'ora di auto per arrivare, poi si chiude in un mutismo totale. Oggi la sua guida non è morbida e fluida come al solito, ma brusca e nervosa. Si è creato un silenzio pesante e scomodo, molto diverso da quello che in altre occasioni c'è stato tra noi e per la prima volta da quando lo conosco mi sento a disagio. Il paesaggio oggi appare ben più tetro e drammatico dei giorni scorsi, il cielo è appesantito da immense nuvole grigie e il mare è burrascoso e arrabbiato. Dopo un'ora di viaggio che mi sembra infinita arriviamo a Portree.

Mi sento quasi in colpa, anche se non credo proprio di essere io la causa del suo pessimo umore. Lo seguo mentre mi conduce al porto, costituito da una fila di piccole case di pescatori colorate circondate da colline e montagne. Charles mi spiega che il significato del nome del paesino è incerto, attualmente si ritiene sia Porto del Re ma il nome antico sembrava fosse Porto Inclinato. Si sta sforzando di scambiare con me qualche parola, ma capisco che gli costa molta fatica.

«Senti Charles, non devi essere gentile con me a tutti i costi o sentirti obbligato a farmi da guida o a parlare anche se non ti va.» D'impulso gli accarezzo il viso.

Mi guarda perplesso e poi volge lo sguardo verso l'orizzonte, come per fuggire da qui. «Scusami, oggi per me è una giornata senza luce. Per fortuna ne arrivano sempre meno rispetto a prima.» Mi sorride tristemente e riprende a camminare.

Il porto è pieno di negozi turistici con articoli legati alla vita di mare e non trovo nulla che mi piacerebbe regalare a Susan. Dopo un po' che camminiamo vedo una piccola bottega che vende borse, sciarpe e foulard, e alla fine scelgo una sciarpa di seta sulle tonalità del blu e dell'azzurro che mi sembra perfetta per lei.

Terminato il nostro giro torniamo alla macchina. Charles mi dice che prima di rientrare a casa vorrebbe portarmi a vedere il punto estremo dell'isola, dove si trova il faro di Neist Point. La strada è deserta e attraversiamo paesaggi desolati e selvaggi. Quando arriviamo non riesco quasi a scendere dall'auto per la forza del vento. Dopo una camminata di quasi mezz'ora ci ritroviamo davanti al faro, e Charles mi dice che con un po' di pazienza e fortuna potremmo vedere dei delfini o una balena. Le scogliere attorno a noi accolgono uccelli marini di tutti i tipi e i gabbiani sono talmente rumorosi da risultare assordanti. Le onde impetuose s'infrangono contro gli scogli sollevando enormi ciuffi di schiuma bianca. L'odore del mare è così forte e deciso da riempirmi le narici con violenza. Sento fragranze di spezie e limone bruciato, di salsedine e alghe. Credo di non aver mai sentito un mare così profumato, sembra quello di Ulisse, capace di evocare memorie ancestrali.

Vorrei solo che Charles fosse meno triste, ma la sua espressione non mi dà speranza. Vorrei poter fare qualcosa per lui, ma non vorrei peggiorare la situazione, perciò finisce che non faccio nulla e cerco di comportarmi come se fosse tutto normale. Sempre silenziosamente, torniamo all'auto.

Quando arriviamo a casa non c'è nessuno, ma poco dopo Susan rientra con la spesa e l'aiuto a scaricare e sistemare le cose.

«Come ti invidio, sei così ordinata e precisa. Qui ogni cosa è sempre al suo posto.»

«È un'abitudine che mi è rimasta dagli anni passati in barca a vela, dove è necessario e indispensabile che ogni cosa sia sempre al suo posto, altrimenti diventa un inferno. A proposito, com'è andata la gita con Charles? Oggi non è una buona giornata per lui.»

«Me ne sono accorta, mi rattrista davvero vederlo in quello stato.»

«Il 2 gennaio era il compleanno di Elizabeth e se fosse ancora viva oggi avrebbe compiuto quarant'anni. Per Charles è una triste ricorrenza.»

«Mi dispiace molto, non sai che effetto tremendo mi faccia vederlo così triste.»

«Non preoccuparti, vedrai che domani starà meglio.»

Finiamo di mettere via la spesa e consegno a Susan il regalo che ho preso per lei e che sembra piacerle davvero.

Dopo una cena breve e silenziosa osservo Charles. Ha il volto più sciupato del solito, gli occhi tristi, il sorriso incerto e malinconico. Nessuno di noi è dell'umore giusto per fare tardi, così, anche se sono solo le dieci, dico di essere stanca e che andrò in camera. Charles mi segue sulle scale, mentre John e Susan rimangono a chiacchierare.

Quando arriviamo davanti alla porta della mia stanza non resisto, lo prendo per mano e lo faccio entrare. Non sopporto di vederlo così irrimediabilmente triste. Gli accarezzo i capelli, gli prendo il volto tra le mani e lo bacio. Lui non reagisce, ma non si oppone, io continuo a dargli piccoli baci leggeri sul viso. Farei qualunque cosa per scacciare la sua tristezza e alleggerirgli il cuore, tale e tanta è la tenerezza che provo per lui.

Lentamente si ammorbidisce, si abbandona e ci ritroviamo sdraiati sul letto, abbracciati l'uno all'altro. Nessuno di noi due dice nulla: non è necessario, i nostri corpi hanno trovato un'intesa perfetta. Stiamo insieme tutta la notte e facciamo l'amore, entrambi con molta esitazione e con la paura di rovinare la magia che si è creata tra noi. Ho l'impressione di maneggiare un oggetto prezioso di un cristallo fragilissimo, che ho il terrore di rompere. Ci addormentiamo vicini, sento che finalmente lui è più tranquillo, e questo è sufficiente a rendermi felice. Vorrei che questa notte durasse in eterno.

All'alba Charles si sveglia, mi dà un rapido bacio e inizia a parlare: «Da quando è morta Elizabeth non sono più riuscito ad avere alcun tipo di contatto fisico con nessuna donna, sinceramente pensavo che non sarebbe stato più possibile. Ma tu sei così dolce, mia cara e preziosa amica».

Mi abbraccia e mi tiene stretta per qualche istante, poi si alza ed esce dalla stanza.

Non so cosa pensare, più di me che di lui. Se ci fosse Barbara mi direbbe che mi aveva avvisato, che sapeva che presto o tardi mi sarei innamorata e sarebbero cominciati i guai. In ogni caso, se sono riuscita a fare un piccolo miracolo per lui, è già abbastanza.

Dopo aver salutato e ringraziato Susan e John, Charles mi accompagna all'aeroporto. Forse a causa del mio stato d'animo, mentre ci allontaniamo dall'isola percepisco la drammaticità e intensità dei suoi paesaggi. Le montagne che ci lasciamo alle spalle ora mi appaiono scure e minacciose, le distese di prato e muschio che si susseguono senza fine mi sembrano desolate e vuote, tanto da farmi sentire irrimediabilmente sola.

Sono così assorta che ho smesso di prestare attenzione alla strada, e solo all'ultimo mi accorgo che siamo arrivati in aeroporto. Charles parcheggia l'auto e mi accompagna all'interno. È giunto il momento dei saluti, lui di slancio mi stringe in un abbraccio forte e struggente. In quell'istante penso che mi stia dicendo silenziosamente addio, come se le nostre strade non potessero che dividersi.

I miei occhi stanno per riempirsi di lacrime quando all'improvviso mi sorride: «Mi hai detto che non sei mai stata a Verona, ma è una città splendida che devi assolutamente vedere. Che ne pensi se in primavera vengo in Italia e ci andiamo insieme?».

Le lacrime di tristezza si trasformano in lacrime di gioia e vorrei abbracciarlo talmente forte da non lasciarlo più andare via. Ci salutiamo così, senza nemmeno un bacio, ma con una promessa.

5

Cosa ne sarà di me?

15 gennaio

Anche oggi, purtroppo, nessuna novità. È dal mio ritorno dall'isola di Skye che controllo più volte al giorno la posta elettronica in uno stato di ansia e trepidazione. Mi sento catapultata in quella fase dell'adolescenza in cui attendi accanto al telefono la chiamata del grande amore, che non arriva. Ogni volta che premo con il mouse sulla casella di posta in arrivo il battito del mio cuore accelera e trattengo il fiato sino a quando mi accorgo che non ci sono e-mail di Charles. Allora la delusione mi assale, la tristezza prende il sopravvento e mi vengono le lacrime agli occhi.

Mi chiedo se dovrei scrivere io per prima e poi mi dico che è meglio di no, che è meglio aspettare, sempre che ci sia qualcosa da aspettare, per capire come si comporterà lui. Penso e temo che farà finta che non sia successo nulla, io sarei già felice di ricevere anche soltanto due righe in cui mi chiede come sto. Sapere che occupo una piccola parte dei suoi pensieri sarebbe per me già moltissimo. Ciò che non riuscirei ad accettare è un totale silenzio, lui che scompare del tutto e per sempre come il più vigliacco degli uomini.

Ormai Charles occupa una parte della mia mente e del mio cuore notte e giorno, qualunque cosa faccia. Mi sveglio e il mio primo pensiero va a lui, mi alzo, esco, lavoro, mangio e continuamente mi chiedo che cosa stia facendo in quello stesso istante. Più di una volta ho preso in mano il cellulare e digitato il suo numero, poi l'ho immediatamente messo via per mancanza di coraggio. So che sentire la sua voce potrebbe farmi morire.

21 gennaio

Sono ormai passati venti giorni dal mio ritorno in Italia e ancora nessuna notizia di Charles. Lui potrebbe pensare la stessa cosa di me, visto che nemmeno io gli ho mai scritto. Sembra una di quelle situazioni in cui nessuno dei due ha il coraggio di fare il primo passo perché non è sicuro della direzione da prendere, ma se è vero che l'uomo è lui non posso essere io a scrivergli per prima. Vorrei dirgli che non rimpiango nulla di quello che c'è stato tra noi, ma non vorrei che ciò che è successo creasse dell'imbarazzo nella nostra amicizia. In realtà temo che difficilmente potremo continuare a essere amici. Se mi avesse mandato anche solo un messaggio di speranza, scherzoso o affettuoso, mi avrebbe resa felice. Questo completo silenzio, invece, mi rattrista e delude. Poi penso che non siamo ragazzini alla prima cotta, lui è più che adulto e non essendo innamorato di me si comporta come tale. Preferisco attendere, mi ha promesso che verrà in Italia in primavera e probabilmente per lui è sufficiente, sempre che abbia intenzione di mantenere la parola.

Forse dovrei smettere di pensare a lui e riacquistare fiducia nel fatto che nel mondo esistono uomini adatti a me, ma che se sto sempre chiusa in casa non ne incontrerò nessuno. Dovrei ricominciare a frequentare esseri umani di sesso maschile, magari in ambienti diversi dai soliti. Potrei iscrivermi a un corso di vela o di giardinaggio.

Ogni tanto mi attraversa persino la mente il pensiero di chiedere a William se è ancora alla ricerca di un compagno di viaggio, poi torno coi piedi per terra e mi dico che la fantasia mi sta veramente giocando brutti scherzi. Ho passato una notte d'amore con Charles, ma questo non significa che tutta la mia vita debba cambiare improvvisamente.

14 febbraio

Oggi è San Valentino, la festa degli innamorati. In preda a un raptus di nervosismo getto nel bidone dell'immondizia la fontana e i manuali di Feng Shui. È vero che dei cambiamenti ci sono stati, ma non sono certamente quelli di cui avevo bisogno.

Quando sono in giro per il centro, cosa che mi capita molto più spesso di prima visto che ormai lavoro da casa negli orari più improbabili, mi sembra di vedere solo coppie felici che si baciano e abbracciano e famigliole allegre e sorridenti. Così quando torno a casa mi sento disperatamente sola.

Ad aggravare il mio sconforto si aggiunge il fatto che non posso nemmeno più guardare film con il mio amato Jude. Innanzitutto perché dovrei togliere l'audio e guardarli muti: la sua voce è talmente simile a quella di Charles da farmi stare ancora peggio. Poi non posso sopportare che in tutti i suoi ultimi film Jude sia destinato a morire o a diventare incomprensibilmente brutto. Come posso accettare di vederlo interpretare il marito non amato di Anna Karenina o il pilota di sommergibili suicida?

Charles ha finalmente rotto il silenzio, mi ha scritto pochi giorni fa una brevissima e-mail in cui mi chiede come sto e mi comunica che in questo periodo lavora moltissimo, poche righe asciutte a cui non ho ancora risposto.

Barbara è invece al settimo cielo perché pare che il giovane sosia di Jude, Andrea, sia il grande amore della sua vita. Parlano già di matrimonio e stanno cercando una casa dove andare a vivere insieme. Io sono sinceramente felice per lei, ma mi sento ancora più sola di prima.

29 febbraio

Quest'anno è bisestile e questi sono senz'altro i mesi più difficili della mia vita. Sono incinta.

Aspetto un figlio da Charles, il che potrebbe essere la notizia più meravigliosa del mondo se noi stessimo insieme o se ci fosse un futuro possibile all'orizzonte.

Lui ovviamente non sa nulla. Non è certo una cosa che si può annunciare per e-mail o per telefono, devo come minimo guardarlo negli occhi se e quando deciderò di dirglielo. Soprattutto se e quando mi capiterà di rivederlo.

Conoscendolo, sono sicura che vorrebbe prendersi tutte le responsabilità come padre, so anche che con Elizabeth avrebbe voluto dei figli, ma io chi sono per lui? Un'amica con la quale per sbaglio ha fatto l'amore nella sera più triste dell'anno, quella in cui sua moglie avrebbe dovuto compiere quarant'anni. Quella notte in cui sono stata io, in modo a dir poco irresponsabile e avventato, a far sì che accadesse tutto.

Vedere le cose in questo modo mi fa davvero credere che la mia situazione sia disperata. Se aggiungiamo anche il fatto che non ho uno stipendio e un posto di lavoro fissi, il quadro è di totale desolazione.

Come possa essere stata così stupida da non contemplare nemmeno l'ipotesi che fare l'amore con lui in totale libertà avrebbe comportato dei rischi è qualcosa di cui ancora non mi capacito. In ogni caso rifarei tutto, quando ripenso a quella notte ho l'impressione che sia l'unica cosa bella che mi sia mai accaduta. Ripenso a noi insieme e ho la certezza che ne avevamo bisogno entrambi, avevamo un disperato bisogno dell'affetto di un altro essere umano. Ma non voglio pensare che sia stato solo quello, anzi, ne sono sicura.

Sono sicura che io volevo lui e soltanto lui. Sono sicura che sia lui l'uomo che aspettavo da sempre.

Ma per lui cos'è stato? In queste settimane mi ha scritto solo due volte senza fare accenno a quello che è successo tra noi, così io mi sono adeguata al suo comportamento. Visto che lo amo e che aspetto un figlio da lui, mi chiedo se sia giusto arrendersi così facilmente e rinunciare a noi. Per ora sono soprattutto confusa.

Ovviamente non avevo mai affrontato la questione "figli", anche perché non avendo una relazione stabile pensavo che il problema non si sarebbe proprio posto. E invece eccomi qui. Continuo a chiedermi come abbia potuto essere così incosciente. Barbara mi dice che ero e sono completamente accecata dall'amore. Forse non aspettavo altro che di innamorarmi, la questione era soltanto di chi, e quando ho conosciuto Charles è stato inevitabile. Certo che l'amore per Jude non mi avrebbe mai creato tutti questi problemi.

Forse è stato avventato esprimere il desiderio di una nuova vita ad alta voce e di fronte a un'aurora boreale. Chissà se William sta facendo il giro del mondo in barca a vela. Forse il desiderio di John e Susan si è avverato nella persona sbagliata, ormai comunque è troppo tardi per farsi tutte queste domande.

A parte Barbara, nessuno sa nulla, perciò in apparenza continuo la mia vita come se niente fosse.

In ogni caso, prima che nasca il bambino cambierò casa. Sto cercando una nuova sistemazione fuori Milano perché la città non mi sembra il posto più adatto per crescere un figlio, soprattutto da sola. Mi piacerebbe trovare una casa con un piccolo giardino. Già ora lavoro prevalentemente da casa, per quel poco che lavoro, per cui la zona in cui vivrò non sarà un problema.

L'ironia della sorte è che ho rifiutato due proposte di matrimonio da chi pensava a me come alla madre ideale dei propri figli, e ora mi ritroverò a essere una madre senza marito. Sarò in ogni caso più felice così.

Il fatto che Charles in questi due mesi mi abbia scritto così poco e così superficialmente mi addolora. Nel frattempo io gli ho scritto decine e decine di lettere d'amore, vere lettere con penna stilografica su carta. Non sono certamente belle come quelle di Keats alla sua amata Fanny, ma sono sicuramente appassionate e sincere. Ovviamente non ne ho spedita neanche una. Spedire una lettera d'amore è un atto di grande coraggio, perché se è vero che è difficile dire "ti amo", le parole a un certo punto volano e si disperdono nell'aria. Si dimenticano. Un "ti amo" messo per iscritto è invece eterno e immutabile. Le conservo tutte in una scatola, così non potrò mai dimenticare l'intensità di questo sentimento. Se un giorno dovessi pentirmi di tutte le scelte e decisioni irresponsabili che sto prendendo, potrò rileggerle ed essere sicura che tutto ciò che ho fatto l'ho fatto solo e soltanto per amore. Vorrei poter chiudere nella stessa scatola anche tutto il sentimento che provo per lui e il dolore che mi attanaglia per sentirmi di nuovo libera, ma so che non è possibile.

So che se io e Charles fossimo insieme sarei la donna più felice del mondo.

Com'è cominciato? [...] Non posso dire l'ora precisa, il luogo, lo sguardo, le parole che stanno alla base di tutto. Mi ci sono trovato nel mezzo prima di accorgermi che fosse iniziato.

Cara Jane, sai parlare d'amore meglio di chiunque altro.

1 marzo

Ieri sera sono stata a cena da Barbara, che mi ha annunciato che il 12 maggio lei e Andrea si sposeranno. Mi ha chiesto di farle da testimone.

Andrea mi sembra innamoratissimo, è un ragazzo molto dolce e spero che possano avere un futuro felice insieme.

Partecipare però al loro matrimonio come testimone mi mette in grande imbarazzo. A maggio sarà ormai evidente che aspetto un bambino, e sarà altrettanto evidente che sono single. L'idea di presenziare alla cerimonia come futura ragazza madre francamente mi angoscia, ma non posso rifiutarmi e d'impulso le ho detto che sono felicissima di fare da testimone alle sue nozze.

L'unica soluzione che mi viene in mente è quella di trovarmi un accompagnatore di facciata, un finto fidanzato, con il quale subito dopo il matrimonio potrò tranquillamente rompere. Meglio ancora trovarne uno che non sia di Milano, perché per quanto la città sia grande le coincidenze sono sempre in agguato.

Purtroppo tra i miei amici nessuno fa al caso mio, perché sono tutti già impegnati o sposati.

Dovendo assolutamente trovare una soluzione ho fatto delle ricerche su Internet e ho scoperto che c'è un'ampia offerta di accompagnatori a pagamento. Di tutte le età e razze. Se ne trovassi uno adatto, potrebbe anche essere divertente.

3 marzo

È mezzanotte e sono appena rientrata dopo una serata che temevo sarebbe stata molto imbarazzante e invece è andata benissimo.

Sono uscita con Lorenzo. È un uomo di trentasei anni alto 1,80, moro, occhi verde intenso, fisico muscoloso ma non esagerato. Vive a Firenze ed è di origine francese. Laureato in Letteratura, parla fluentemente inglese, francese e spagnolo, e ci sa veramente fare. Gentile ma non stucchevole, di spirito e colto. Per fortuna la sua voce è completamente diversa da quella di Jude-Charles, il che mi ha tolto un grande peso dal cuore. Di professione fa l'accompagnatore di donne sole e se non sapessi che lavoro fa direi che è un uomo perfetto.

Visto il successo della serata, gli ho chiesto di tenersi libero per il 12 maggio. Mi ha garantito che a Milano non ha mai lavorato, quindi le probabilità che qualcuno ci scopra dovrebbero essere molto scarse, anzi nulle. È la prima volta che per lavoro gli viene chiesto di partecipare a un matrimonio e trova l'idea molto divertente. Ho specificato che non sono assolutamente interessata alle sue prestazioni sessuali e gli ho spiegato la mia situazione. È stato incredibilmente comprensivo e mi ha raccomandato di non preoccuparmi, filerà tutto liscio.

Aver trovato una soluzione per il matrimonio di Barbara mi rende più serena, ora posso finalmente dormire sonni tranquilli.

4 marzo

Mi sveglio molto riposata e dopo un'abbondante colazione controllo la posta elettronica. Trovo una e-mail di Charles di ieri sera, non avevo sue notizie da più di due settimane. L'idea che mi abbia scritto mentre ero a un appuntamento con un gigolò mi fa arrossire davanti allo schermo, ma non importa, devo leggerla immediatamente.

Ciao cara,
come stai?
Avrei voluto scriverti più spesso, ma sono stato quasi tutto il tempo in Cornovaglia.
I Giardini Perduti di Heligan ora sono a buon punto e credo di potermi finalmente concedere un paio di giorni di vacanza. Se ti fa piacere, potrei venire in Italia per andare insieme a Verona come ti avevo promesso. Per me sarebbe perfetto arrivare il 21 marzo, fammi sapere cosa ne pensi.
Charles

Leggo e rileggo l'e-mail non so quante volte, la stampo persino per poterla avere sempre con me. L'idea di rivederlo mi emoziona e preoccupa allo stesso tempo.

Sono troppo confusa per rispondergli subito, lo farò più tardi, forse domani. So già che gli dirò di sì, perché qualunque data mi andrebbe bene e farei qualunque cosa pur di incontrarlo.

Cerco di non pensare a nulla e di fingere che sia un giorno come gli altri. Anzi, decido di dedicarmi a un'attività tipicamente femminile ma per me inusuale: lo shopping. In fondo è da tanto che non compro qualcosa di bello e tra qualche mese non potrò più indossare abiti normali, per cui meglio godermi queste ultime settimane e togliermi qualche sfizio. Esco e vado a Brera, dove ci sono alcuni negozi che mi piacciono molto.

Trovo un bellissimo abito blu primaverile, con una giacca stile Chanel bianca e rosa da indossare sopra. Compro anche un paio di décolleté di vernice di Gucci con un bel tacco dodici. Forse ho fatto degli acquisti un po' esagerati, ma torno a casa incredibilmente soddisfatta e di buon umore. Adesso posso rispondere a Charles.

Caro Charles,
mi fa piacere avere tue notizie, sono contenta che i giardini siano a buon punto.
Per me il 21 marzo va bene, ti posso venire a prendere in aeroporto a Milano e poi andiamo direttamente a Verona in auto. Attendo di sapere che volo prenderai.
Saluti,
Eleonora

Evito di essere espansiva o affettuosa, anche se vorrei scrivergli mille volte che lo amo e che non vedo l'ora che sia qui. In serata trovo la sua risposta.

Ciao,
ho preso i biglietti.
Il mio volo atterrerà venerdì 21 alle 10:30 del mattino. Ti aspetterò in aeroporto. Tu non pensare a nulla, ho già prenotato anche l'albergo a Verona.
A presto,
tuo affezionatissimo Charles

La sua mania di disseminare a casaccio parole come "tuo", "affezionato", "affezionatissimo Charles" inizia a innervosirmi, perché io do un gran valore alle parole, forse troppo, mentre sembra che lui le usi con noncuranza in base all'umore del momento.

Vado a letto ascoltando Beethoven con la speranza di addormentarmi.

5 marzo

Dormo un sonno agitato e all'alba sono già sveglia. Faccio una doccia ed esco a fare una camminata per liberare la mente. Preferirei essere in mezzo alla natura che nel centro di Milano, ma per fortuna in giro non c'è ancora nessuno. Dopo un'ora di cammino a passo sostenuto mi sento più tranquilla e torno a casa. Ho sempre desiderato visitare Verona, perché è la città degli innamorati per eccellenza, ora però ne ho un po' paura. Non vorrei che il nostro finale fosse più in stile shakespeariano che tinto di rosa e non mi piacerebbe di certo fare la fine di Giulietta.

21 marzo

Ci siamo. Questa volta sarò io ad andare a prenderlo all'aeroporto. Dire che sono in ansia è un eufemismo.

Innanzitutto faccio finta di chiedermi che effetto mi farà rivederlo, come se potessi avere dubbi sul fatto che lo amo. Spero forse di rimanere indifferente a lui? Meglio ingannare qualcun altro.

In realtà sono emozionata, anzi, terrorizzata, come se dovessi affrontare l'esame più difficile e importante della mia vita. Forse è proprio così.

Ho impiegato un'ora a vestirmi, mi sembrava che non andasse bene niente, alla fine ho scelto l'abbigliamento più normale possibile, jeans e camicia bianca.

Sono le dieci di mattina e sono già in aeroporto. L'aereo dovrebbe atterrare tra mezz'ora. Ho una voglia pazzesca di vederlo, ma ho paura, una paura tremenda.

Guardo i monitor dei voli in arrivo e vedo che quello di Charles è appena atterrato. Mi dirigo verso la zona degli arrivi e aspetto.

Il mio cuore è impazzito.

Questi pochi minuti che ci separano mi sembrano ore e mi rendo conto di quanto sia relativo lo scorrere del tempo. Qui e adesso ogni secondo rimane sospeso all'infinito perché sto aspettando lui.

Finalmente lo scorgo tra la folla, mi sembra più alto e magro di come lo ricordavo. Mi viene incontro sorridente e mi abbraccia. Il suo profumo mi assale e mi sembra di respirarlo con tutto il corpo. Il mio cuore si ferma. Lo saluto, ma non riesco a dire altro, gli faccio cenno di seguirmi e usciamo dall'aeroporto.

Saliamo in macchina e partiamo direttamente per Verona. Io cerco di essere disinvolta e spero che non si accorga del mio stato d'animo tumultuoso. Mi racconta di come procede la realizzazione del giardino, quando sarà finito dovrò assolutamente vederlo. Per fortuna guidando riesco a liberarmi dall'ansia e ad accantonare tutti i pensieri per concentrarmi sulla strada.

È mezzogiorno e siamo quasi arrivati. Charles ha prenotato un albergo storico in centro, così potremo girare a piedi in totale libertà. Quando arriviamo in albergo scopro che ha prenotato due stanze a suo nome. Mi assale un'ondata di delusione del tutto ingiustificata. Era prevedibile, nessuna persona ragionevole avrebbe fatto diversamente, ma devo fare uno sforzo enorme per fare finta di niente.

Portiamo le valigie in camera e ci diamo appuntamento nella hall per la mezz'ora successiva. Charles pare di ottimo umore e non vuole perdere tempo perché dice che devo vedere tutta la città. Vorrei riuscire a esserlo anch'io.

È un pensiero che non mi fa onore, ma darei qualunque cosa per non essere in questa situazione. Mi chiedo perché non mi sia stato concesso un po' più di tempo per conoscerlo, per frequentarlo anche a distanza e per capire cosa sarebbe potuto nascere tra noi. Invece è accaduto tutto precipitosamente e la notte trascorsa insieme ha cambiato per sempre la mia vita. E non posso più tornare indietro.

Non riesco a liberare la mente da tutti questi pensieri e non mi accorgo quasi che siamo già in cima alla Torre dei Lamberti. Eppure devo aver fatto come minimo trecento gradini!

Charles si rivolge a me: «Un penny per i tuoi pensieri! Non trovi che da qui si goda un panorama fantastico? Si vede tutta Verona sino alle montagne e al lago di Garda».

Devo sforzarmi di essere normale, perché non voglio rovinare questa giornata.

«Hai ragione, è bellissimo e tu sei un'ottima guida turistica. Ora dove mi porterai?»

«Alla casa di Giulietta: è una delle tappe obbligate per chi vuole visitare la città seguendo Shakespeare. Sono sicuro che ti piacerà.»

Scendiamo dalla torre a piedi, perché Charles non è tipo da ascensori. Pochi minuti di cammino e siamo già davanti alla famosa casa. C'è una folla incredibile, quasi tutti giovanissimi. È l'ora del tramonto. Il cielo si è tinto di rosa e arancione, la luce del sole calante ha pennellato i muri di sfumature malinconiche.

Entriamo nel cortile di Giulietta e un'emozione violenta mi assale. Mi manca il fiato, il cuore sta battendo all'impazzata e i miei occhi fanno fatica a trattenere le lacrime. Sento un grande caldo al petto e potrei giurare di avere la febbre. Mi guardo attorno, osservando i muri pieni di scritte, firme e promesse di amanti e innamorati che vengono qui da ogni parte del mondo. L'energia di questo luogo è magica, mi sembra di sentire con estrema nitidezza la forza di ogni innamorato che è giunto sin qui per ringraziare o implorare, per onorare o pregare per il proprio amore. Non so se sia merito di Shakespeare o dei Capuleti e dei Montecchi, ma questo luogo non smetterà mai di esistere, anche solo nell'immaginario dell'umanità.

Sono piena di stupore e non ho il coraggio di guardare Charles, perché temo che legga nei miei occhi ciò che non ho il coraggio di confessargli, che si accorga dell'amore immenso che provo per lui. Dopo aver contemplato il famoso balcone, iniziamo la visita della casa.

«Ehi, tutto bene? Ti piace?»

«Scusa, sono emozionata. Questo luogo è magico.»

«Allora mi raccomando, esprimi il tuo desiderio d'amore.»

Charles continua a scherzare mentre io sento le guance rosse e calde. Lui non può saperlo, ma ho già silenziosamente espresso il mio. Subito dopo mi porta dalla casa di Giulietta a quella dell'amato Romeo, che si trova in un vicolo appartato vicino alle Arche Scaligere. Si tratta di un rustico castello in mattoni appartenuto alla famiglia Montecchi sul quale spicca la tipica merlatura ghibellina a forma di rondine. Charles deve essersi convinto che sono una fan di Shakespeare, e come dargli torto considerato ciò che gli ho raccontato a proposito dell'*Amleto*.

Camminiamo per la città e se non stessi come sto direi che Verona è veramente splendida. Le case sono antichissime, trasudano storia e tradizione, la piazza dell'Arena è meravigliosa, le persone sembrano tutte allegre e di ottimo umore.

Vorrei poter godere di queste due giornate insieme a lui con leggerezza, ma non ci riesco perché sento nel cuore un peso che mi toglie il respiro.

Abbiamo camminato moltissimo, torniamo in albergo e andiamo nelle rispettive camere per una doccia. Charles ha preso due biglietti per uno spettacolo all'Arena. So già che questa sera non gli dirò nulla, preferisco lasciare che tutto scorra come se niente fosse almeno sino a domani.

Neanche a dirlo, Charles ha preso i biglietti per un'opera di Shakespeare, *Sogno di una notte di mezza estate*. La serata è fresca, ma il cielo è pieno di stelle e sembra di essere in estate. Terminato lo spettacolo andiamo in un locale vicino all'Arena per uno spuntino. Chiacchieriamo, ceniamo ed è tutto molto piacevole. Come sempre in sua compagnia sto bene, meravigliosamente bene.

No, non ho proprio il coraggio di parlargli. Non voglio rovinare questa serata, voglio stare con lui come se niente fosse.

È mezzanotte passata e decidiamo di tornare in albergo. Ci incamminiamo, la città è ancora piena di gente come in una località di villeggiatura e l'aria è tiepida. Arriviamo in albergo, saliamo al piano delle nostre camere e, davanti alla mia porta, Charles mi augura la buonanotte con un sorriso e un rapidissimo bacio. Non credo che sia intenzionale, ma il suo modo di fare mi rende sempre più incapace di controllare i miei sentimenti. Ci diamo appuntamento alle nove per la colazione.

Sapere che lui è nella stanza di fianco alla mia è un vero tormento.

22 marzo

Alla fine sono riuscita a dormire meglio di quanto credessi. Ho ripensato alla giornata passata insieme a lui e mi sono addormentata con il sorriso sulle labbra e il suo profumo ancora addosso.

Ci incontriamo puntuali alle nove nella sala della colazione. Charles ha un aspetto molto riposato e rilassato. Mi dice che il programma di oggi prevede la visita di un parco e del castello, questa sera invece ceneremo in un'enoteca che lui reputa davvero buona.

La giornata scorre piacevolmente, camminiamo tantissimo, chiacchieriamo, ridiamo e scherziamo. Vorrei che potesse essere così per sempre. Alle sette torniamo in albergo per una doccia prima di cena. Charles è instancabile, io sono esausta.

Poi penso che domani ripartirà per l'Inghilterra e mi viene un attacco di panico. Sono terrorizzata all'idea che questa possa essere l'ultima sera che trascorreremo insieme.

Faccio una lunga doccia calda, cerco di mantenere la calma mentre mi vesto e preparo. Decido di indossare il vestito blu che ho comprato qualche settimana fa con le décolleté di Gucci. Se deve essere l'ultima sera insieme, voglio che si ricordi di me nella mia forma migliore. Mi trucco leggermente e penso che con i tacchi mi sembrerà meno alto, o meglio sarò io a sentirmi meno piccola accanto a lui. Mi siedo sul letto e faccio lunghi respiri profondi per tranquillizzarmi, perché sono in uno stato di agitazione costante. Meglio uscire dalla stanza e aspettarlo all'ingresso. Lui è già nella hall, mi guarda intensamente e mi dice che sono bellissima.

Nella piazza vicino all'albergo c'è un gruppo di strada che suona *Wonderful Tonight* di Eric Clapton. In strada c'è tantissima gente, forse perché è sabato sera. Camminiamo zigzagando tra la folla senza riuscire a parlare. Arriviamo alla famosa enoteca, che è un locale delizioso, molto accogliente e caratteristico. La lista dei vini è infinita, meglio farsi consigliare. Ci sediamo uno di fronte all'altro a un tavolo appartato e ci servono subito affettati e bruschette.

Gli occhi degli innamorati sono molto attenti e io colgo nuovi dettagli in lui. Le sue mani hanno il palmo quadrato, ma dita lunghe e curate, mani maschili e allo stesso tempo eleganti. Il viso magro e scavato, quando sorride, s'illumina. Gli occhi di un azzurro chiarissimo, quasi trasparente, sono a volte gioiosi a volte malinconici e struggenti. La voce è morbida e intensa, potrebbe dirmi qualunque cosa e mi sembrerebbe una poesia. C'è qualcosa in lui che risveglia parti di me dimenticate.

Ho un desiderio, un bisogno folle di un contatto fisico con lui. Non resisto e appoggio una mano sul suo braccio, solo per un istante, ed è sufficiente perché una scossa di elettricità mi attraversi da capo a piedi. Mi chiedo se si renda conto di ciò che provo per lui, perché non credo di aver mai amato qualcuno con tanta intensità.

Charles, dopo avermi guardato in silenzio per qualche secondo, inizia a chiedermi di me.

«Devi dirmi come stai e cos'è successo in questi tre mesi. Non ci siamo scritti molto e mi dispiace, io sono stato davvero molto occupato con il giardino in Cornovaglia. Non avrei mai pensato che fosse un lavoro così impegnativo, ma è una sfida entusiasmante.»

Mentre gli dico che sto traducendo un libro bellissimo mi guarda con una tale intensità da farmi vacillare. Solo lui riesce a fissare i suoi occhi nei miei come se fossi la donna più meravigliosa del mondo, o meglio l'unica. Si mette a giocare con una ciocca dei miei capelli e io tremo. Forse ha deciso di farmi impazzire d'amore.

Dopo una pausa di silenzio, si fa serio, cambia tono e inizia a parlare.

«Sono abbastanza vecchio per sapere che nelle relazioni, di amicizia o d'amore, non si devono mai lasciare cose non dette o in sospeso. La notte che abbiamo trascorso insieme è stata bellissima e non rimpiango nulla. Mi hai fatto capire che posso lasciarmi il passato alle spalle e sperare di riuscire ad amare di nuovo. Ma noi siamo così lontani, tu qui e io in Inghilterra, quanto potrebbe durare una storia tra noi, a distanza? Se decidessi di rinunciare a tutto per te, prima o poi arriverebbe il momento in cui te lo rinfaccerei, e non sarebbe giusto per nessuno dei due. Vorrei però davvero che rimanessimo amici.»

Mentre mi dice queste cose vorrei tornare indietro, cancellare le sue parole e far svanire tutti i pensieri che si agitano nella mia mente, ma non ci riesco. Cerco con tutte le mie forze di trattenere le lacrime, ma vorrei morire. Come posso confessargli che lo amo e che aspetto un figlio da lui, dopo ciò che mi ha appena detto? Non sono mai stata una brava attrice, ma ora devo fingere che vada tutto bene. Annuisco, cerco di sorridere e gli dico che ha ragione, anch'io vorrei che rimanessimo amici. Lui mi guarda con attenzione, capisco che non sa se fidarsi di quello che gli sto dicendo oppure no, ma preferisce far finta di credermi. È sicuramente più semplice.

Proseguiamo la cena in silenzio, io non ho più voglia di parlare e mi scuso dicendo che sono molto stanca. Spero che la notte mi sia di aiuto per riprendere le forze e il controllo della situazione. Terminata la cena torniamo in albergo, mi sdraio sul letto e do sfogo alla mia disperazione.

23 marzo

Sono le sei di mattina, credo di aver dormito giusto un paio d'ore. Mi guardo allo specchio: ho una faccia stravolta. Faccio una doccia, mi vesto ed esco a fare una passeggiata per la città. Il centro è praticamente deserto e io vago senza meta alla ricerca di pace. Cammino per più di un'ora, abbiamo appuntamento per la colazione alle otto, perché poi dovrò riaccompagnare Charles in aeroporto.

Considerato come stanno le cose tra noi, sono contenta che parta.

Devo comportarmi normalmente, è l'unica cosa ragionevole e sensata da fare. Entro nella sala ristorante. Lui è già lì, si alza e mi viene incontro. Mi sorride con uno sguardo malinconico. Credo sia la fine di tutto, tra noi.

«Buongiorno, hai riposato bene?» mi chiede.

«Abbastanza, grazie. Ho un po' di mal di testa, ma niente di che, e tu?»

«Sì, grazie. Vieni, sediamoci.»

Scambiamo poche parole, siamo entrambi meno allegri del solito. L'incanto è svanito. Credo abbia capito che c'è qualcosa che non va, ma preferisce far finta di nulla. Io anche.

Charles va alla reception a pagare e io vado in camera a chiudere la valigia. Prendiamo la mia auto e partiamo per l'aeroporto, accendo la radio per riempire questo silenzio così pesante. Non vedo l'ora di arrivare, perché non resisto più ad averlo accanto a me dopo le cose che mi ha detto ieri sera. Lo amo follemente e lo odio con tutta me stessa.

Finalmente arriviamo a Malpensa, cerco un posto dove parcheggiare l'auto. Sarei tentata di farlo scendere al volo, ma sarebbe davvero maleducato. Dopo due o tre giri del parcheggio penso che una volta tanto il destino è dalla mia parte: è tutto occupato. Con la macchina mi dirigo verso l'entrata, così potrò farlo scendere, salutarlo e separarmi da lui, questa volta per sempre. È come se avessi trovato una nuova forza dentro di me e sono veramente decisa a dirgli addio.

Quando riparto, apro tutti i finestrini dell'auto perché voglio liberarmi del suo profumo, che non posso più sopportare. Guido così sino a Milano. Appena arrivo a casa, metto tutti i miei vestiti nella lavatrice e faccio una lunga doccia calda sfregandomi con forza corpo e capelli, per cancellare per sempre il suo odore da me.

6

Forse non era destino

10 aprile

Ormai è primavera, mi sono rivista con Lorenzo e ci stiamo preparando per il matrimonio. Dobbiamo concordare una versione dei fatti su come ci siamo conosciuti, così da non contraddirci con gli altri. Abbiamo optato per un incontro casuale a una mostra fotografica a Firenze, eravamo entrambi in contemplazione della stessa foto da diversi minuti e abbiamo iniziato a commentarla insieme. Alla fine della mostra lui mi ha invitato a pranzo e abbiamo scoperto di avere tantissimi interessi in comune. Un vero colpo di fulmine. Devo confessare che Lorenzo è molto simpatico e intelligente, stare con lui è piacevole, rilassante e divertente. Probabilmente il fatto che io sia incinta cambia le cose. Mi ha confessato che è la prima volta che ha l'impressione di fare qualcosa di veramente utile, anziché accompagnare donne sole di una certa età a cene dei Lions o dei Rotary. Il suo grande sogno è fare lo scrittore, per il momento scrive degli articoli per alcuni giornali e riviste, ma dopo aver saputo che i suoi pezzi vengono pagati poche decine di euro ho iniziato a capire cosa l'abbia spinto a diventare un gigolò.

Barbara invece è impegnata nei preparativi del matrimonio ed è felicissima, quindi mi astengo dal tediarla con lamentele o crisi di sconforto. Non ho avuto il coraggio di dirle che andrò al suo matrimonio con un cavaliere a pagamento. È la prima volta che le dico una bugia, ma mi è sembrato davvero necessario, e forse glielo confesserò in futuro, quando sarà tutto finito.

Lorenzo è diventato il mio confidente, passiamo ore al telefono. Mi fa morire dal ridere con i racconti delle sue clienti e mi tira su il morale nei momenti di sconforto. Pare ci siano in circolazione delle donne veramente bizzarre, con manie di ogni genere. Io pensavo che fossero gli uomini a essere strani, ma con tutti gli aneddoti ed episodi che mi racconta mi sto ricredendo.

Mi ha raccontato che i motivi per cui lo cercano sono innumerevoli: donne che lo usano per far ingelosire fidanzati, mariti e amanti; donne sole e deluse da relazioni sbagliate che desiderano essere corteggiate, accudite e adorate pur sapendo che è una finzione; donne che si sentono forti e potenti se pagano un uomo che faccia loro compagnia; donne che in realtà amano altre donne, ma che non hanno il coraggio di essere sincere. E infine donne sole che aspettano un figlio da un uomo che nemmeno lo sa, e che per questo hanno veramente bisogno di sostegno e conforto e, come mi ha detto Lorenzo facendomi venire le lacrime agli occhi, riceveranno tutto il suo appoggio non per denaro, ma per sincera amicizia e affetto.

Sul fronte Inghilterra, dopo il fine settimana di Verona, Charles ha iniziato a scrivermi molto più spesso di prima. Credo si senta in colpa per ciò che mi ha detto quella sera a cena e che si sia reso conto di avermi in qualche modo ferita. Ovviamente non può conoscere i miei sentimenti per lui, ma sente che le cose tra noi sono cambiate. Io cerco di rispondere alle sue e-mail in modo molto neutro, se voglio dimenticarlo e continuare la mia vita senza di lui sarà meglio non vederlo più. Il mio sentimento è immutato, ma proprio per questo non credo assolutamente alla possibilità di essere sua amica. Ho raccontato la mia storia a Lorenzo, almeno ho qualcuno con cui parlare senza essere giudicata. Secondo lui sono stata troppo severa e categorica, a volte gli uomini dicono cose stupide e insensate quando non sono sicuri di ciò che vogliono e dei propri sentimenti.

Preferisco non pensarci. Ho messo tutte le lettere d'amore che gli avevo scritto in una scatola di latta con una piccola serratura, di cui ho nascosto la chiave nel luogo più scomodo della casa. Ho persino rovesciato nel lavandino l'intera bottiglia del suo profumo per non correre il rischio di usarlo, aumentando la nostalgia che provo.

La mia pancia sta crescendo e ormai, se non sto attenta a come mi vesto, è evidente che sono incinta. Il giorno del matrimonio si avvicina, Barbara è felicissima e impegnata nei preparativi. Pensa che Lorenzo sia il mio nuovo fidanzato, è davvero contenta per me e per fortuna non sospetta nulla.

16 aprile

Domani ho appuntamento per la prima ecografia, il ginecologo mi ha detto che si potrebbe già capire il sesso del nascituro. Sino a oggi pensavo di andare da sola, ma ora inizio a provare troppe insicurezze e timori che ci sia qualche problema, che il bambino non sia sano o che non stia crescendo come dovrebbe. Avere vicino qualcuno potrebbe essermi di aiuto, ma non so davvero a chi chiederlo. Non ai miei amici di sesso maschile perché li metterei in grande imbarazzo, visto che nessuno di loro è il padre. Barbara è talmente presa dai preparativi del matrimonio che sembra non avere più neanche un minuto libero. Mentre mi chiedo cosa fare, mi chiama Lorenzo, che ormai è diventato il mio più grande confidente. Dal mio tono di voce capisce subito che c'è qualcosa che non va.

«Mi dici cosa ti preoccupa? E non dire che va tutto bene perché non ci casco, sputa il rospo.»

«Domani ho la prima ecografia dal ginecologo e sono un po' agitata, si tratta solo di questo.»

«Perché dovresti preoccuparti? Sono sicuro che sarà una bellissima bambina identica a te. Ma chi ti accompagna?»

«... Non lo so ancora...»

«Come sarebbe a dire? Non vorrai mica andare da

sola! Domani sono libero, prendo un treno di mattina presto e ti accompagno io, dimmi a che ora hai l'appuntamento.»

«Non mi sembra proprio il caso che tu perda tutta la giornata per me, non preoccuparti.»

«Tanto ho già deciso, dimmi solo l'orario altrimenti mi presento a casa tua alle sei di mattina.»

«Va bene, va bene. La visita è alle undici, se vieni da me per le dieci e trenta è più che sufficiente.»

«Ok, perfetto, e non stare in ansia perché non fa bene né a te né al bimbo. Vedrai che andrà tutto benissimo.»

«Ti ringrazio, sei un vero amico, a domani.»

Chiudo la telefonata e penso che Lorenzo sarebbe davvero un marito perfetto, nonostante il lavoro che fa. O forse sarebbe perfetto proprio per quello!

17 aprile

Ore 6:30. Sono sveglia come un grillo e mi sono resa conto, con indicibile orrore, che oggi è venerdì 17. Come abbia fatto a non rendermene conto prima, davvero non lo so. Forse non ci sto più con la testa, ma tremo all'idea che data e giorno non siano di buon auspicio.

Mi alzo, faccio una doccia e mi vesto. Non so cosa fare per le prossime due ore, sono talmente agitata e nervosa che qualunque attività mi sembra improponibile. Esco e mi metto a girovagare per la città senza meta, mi guardo attorno e osservo la gente indaffarata che si reca al lavoro. Solo sei mesi fa facevo anch'io parte di questa massa indistinta e folta di persone frenetiche e mi rendo conto che è bastato davvero poco perché la mia vita subisse una così radicale trasformazione.

Mi chiedo se il bambino che sta crescendo dentro di me sarà maschio o femmina, perché non provo nessuna sensazione al riguardo. Non sono come quelle madri che proclamano tutte convinte: "Lo sento, lo sento, è un maschio", "Sono sicura, sono davvero sicura che sarà una femmina". Io non mi auguro nulla, spero semplicemente che sia un bambino sano e intelligente, spesso però mi chiedo se assomiglierà a Charles.

Torno a casa appena prima che Lorenzo arrivi, poi usciamo insieme per andare alla visita, lui scherza tutto il tempo per sdrammatizzare e io mi lascio distrarre volentieri per non pensare. Lorenzo entra con me nello studio e si presenta con grande naturalezza, come se fosse lui il padre. Riesce sempre a comportarsi nel modo più appropriato in qualunque circostanza. Forse è grazie a tutta l'esperienza che si è fatto con il suo lavoro, o forse è semplicemente una sua preziosissima dote.

Mi sdraio sul lettino, il ginecologo fa scorrere la sonda sul mio addome e mi chiede: «È la sua prima gravidanza, vero? Qui procede tutto benissimo e potete essere davvero felici, perché i bambini sono due. Se guardate il monitor vi faccio vedere: in basso a sinistra si vede una sacca con un feto e in alto a destra c'è la seconda con l'altro feto. Si tratta di gemelli eterozigoti, in altre parole non identici. Vi devo però avvisare: capita abbastanza spesso che all'inizio della gravidanza ci siano due feti, poi il più delle volte ne sopravvive uno solo. Insomma, non è ancora detto che avrete due figli, è troppo presto».

Per fortuna sono sdraiata, perché altrimenti sarei già caduta per terra svenuta. Come reazione all'annuncio folgorante mi è però venuta una crisi di riso isterico. Il ginecologo sta parlando solo con Lorenzo, ha capito che la mia capacità di comprensione è pari a zero e che sono completamente fuori gioco per lo shock. Lorenzo ha preso la mia mano destra, congelata e tremante, e la tiene amorevolmente tra le sue per infondermi coraggio.

Dopo un lasso di tempo che mi sembra interminabile e in cui sono mentalmente fuggita dallo studio, Lorenzo mi dice che abbiamo finito. Si alzano in piedi sia lui sia il medico, che mi porge la mano e mi fa i suoi più sinceri auguri. Il prossimo appuntamento è tra sei settimane e Lorenzo ha in mano un elenco di esami che dovrò fare prima di quella data. Io non ho la forza di dire una parola, sono letteralmente sconvolta dalla notizia. Mi chiedo come potrò mai riuscire ad avere due gemelli da sola, senza un padre, e mi dico che non fisserò mai più nulla d'importante di venerdì 17.

Lorenzo mi tiene sempre per mano, mi fa strada e ci fermiamo in un bar del centro. Ordina due bicchieri di champagne – che non posso bere, quindi devia verso un sano Crodino – per brindare alla splendida notizia. Io lo guardo sbigottita. Definire "splendida notizia" la valanga che mi ha appena travolto mi sembra davvero azzardato, ma lui mi dice che devo essere felice, estremamente felice per questo dono del cielo. Mi sento la gola secca e prosciugata, bevo in un solo sorso il mio bicchiere. Se potessi, mi scolerei una bottiglia intera di champagne, e non per festeggiare.

Rimango sconvolta per l'intera giornata e per i giorni a venire. Sono incinta di due bambini e sono sola. Vorrei tanto che Charles fosse qui al mio fianco per affrontare insieme questa difficile prova.

30 aprile

Queste ultime due settimane mi sono sembrate infinite, in ogni istante del giorno e della notte mi chiedo come farò. Vorrei provare solo sentimenti nobili nei confronti di questi due esseri innocenti, ma a essere sincera mi sento soprattutto spaventata e preoccupata. Temo innanzitutto di non farcela, di non avere abbastanza energie per poter crescere i gemelli da sola. Se poi dovessi cadere in una depressione *post partum* sarebbe davvero una tragedia. In più, mi attanaglia la paura che i bambini possano avere qualche problema di salute. La mia vita verrà completamente stravolta e mi chiedo se sarò all'altezza. Mi viene in mente il desiderio di cambiamento espresso ad alta voce la sera dell'ultimo dell'anno e credo che, pur con tutta la fantasia del mondo, non avrei mai potuto immaginare uno scenario del genere.

Poi all'improvviso ripenso a Charles e le lacrime arrivano immediate e copiose. Vorrei aver avuto il coraggio di confessargli tutto, vorrei che anche lui mi amasse come lo amo io, vorrei che fosse qui accanto a me per affrontare insieme questa prova, vorrei che le cose avessero preso una piega del tutto diversa. A volte mi chiedo se dovrei comunque e nonostante tutto fargli sapere la verità, perché in fondo il padre è lui perciò ha indubbiamente diritto di sapere che nasceranno due figli suoi. Allo stesso tempo però mi dico che se non mi ama non voglio averlo accanto a me, è accaduto tutto per errore o per caso e la colpa è stata solo mia.

8 maggio

Charles mi ha scritto qualche giorno fa per avere mie notizie. Il tono dell'e-mail era particolarmente gentile ed espansivo, come se cercasse di ricucire i rapporti, e tanto per farmi sprofondare nel solito stato confusionale si è firmato "sinceramente, tuo affezionatissimo Charles".

Non gli ho ancora risposto perché non so cosa dirgli e non ho intenzione di rivederlo ora che sono palesemente e innegabilmente incinta. Anche facendo appello alla ragione, di motivi per piangere ne trovo innumerevoli. Sono a metà della gravidanza e sono sola, e temo che questa solitudine sia destinata a durare, perché non vedo chi potrebbe essere interessato a una madre single con ben due bambini di un padre inesistente. Non che in questo momento desideri un compagno. Il mio cuore appartiene ancora a Charles, e anche se cerco di non pensarci è così.

Di notte mi sveglio di soprassalto, turbata da sogni di neonati che piangono perché hanno fame, di carrozzine doppie e culle sparse per casa, di pacchi enormi di pannolini e ciucci ovunque, di pupazzi con il sonaglino lanciati e sbattuti dappertutto, di crisi di pianto per coliche e di macchie di rigurgito su tutti i miei vestiti.

Per fortuna oggi viene a trovarmi Lorenzo, almeno non passerò l'intera giornata afflitta da questi pensieri. In questo periodo mi è davvero di grandissimo conforto, mi chiama ogni giorno per sapere come sto e cerca di sdrammatizzare la situazione assicurandomi che andrà tutto bene e che cercherà di essere un bravo zio.

Vado a fare un po' di spesa prima che arrivi, abbiamo deciso di cenare a casa perché lui esce spesso per lavoro e io non sono dell'umore giusto per andare in locali affollati.

Sono quasi a casa e vedo che Lorenzo mi sta aspettando davanti al portone d'ingresso. Appena si accorge che sto arrivando mi viene incontro sorridendo, mi dà un bacio sulla guancia e mi toglie i sacchetti della spesa di mano. Apro il portone ed entriamo. Vedere un volto amico mi fa già stare meglio. Sono talmente ossessionata da Charles che entrando mi è persino sembrato di vederlo per strada e di sentire il suo profumo. Ci mancano solo le allucinazioni.

Lorenzo e io abbiamo cenato e parlato a lungo. È quasi mezzanotte, inizio a essere stanchissima e ad aver veramente bisogno di dormire. Stiamo per salutarci, quando suona il citofono. Mi chiedo chi possa essere a quest'ora, probabilmente qualcuno che ha sbagliato. Lorenzo dice che è più prudente che risponda lui, almeno se è un malintenzionato sente una voce maschile e non la mia. Chiede chi è, ma non arriva nessuna risposta. Dopo qualche minuto il citofono suona per una seconda volta, Lorenzo chiede nuovamente chi è, ancora nessuna risposta.

Strano che qualcuno si metta a suonare ripetutamente il mio citofono a quest'ora. Lorenzo si offre di rimanere da me per non lasciarmi sola, ritiene che sia più prudente. Gliene sono grata perché l'idea di passare la notte da sola a questo punto non mi alletta molto. Il problema è che casa mia è piccolissima e non ho letti per gli ospiti. Lorenzo insiste per dormire per terra ma mi pare un'idea assurda. Il mio letto è un matrimoniale francese e noi siamo più che adulti, credo che potremo condividerlo come buoni amici.

Sono stanchissima, vado in bagno a cambiarmi e mi sdraio sul letto. Lorenzo arriva dopo aver fatto una doccia, in boxer e a torso nudo, pare che dorma sempre così. Mentre lo osservo comprendo perché abbia così tante clienti. È incredibilmente sexy, con un fisico da fotomodello ma l'aria disinvolta e spontanea di chi è da sempre consapevole del proprio fascino. Viene a sdraiarsi accanto a me, rimanendo sul bordo del letto per non invadere il mio spazio. Apprezzo il suo tatto perché sono molto imbarazzata, mi sento in colpa come se stessi tradendo Charles, per quanto questa sensazione sia assurda e ingiustificata.

9 maggio

Mi risveglio alle sei, con la prima luce del mattino che entra dalle finestre che, come sempre, mi sono dimenticata di chiudere. Osservo Lorenzo che dorme con un'espressione beata sul volto e una mano appoggiata sul mio fianco. Nel sonno ha un aspetto dolce e sereno. Mi sposto delicatamente per non svegliarlo, mi alzo dal letto e vado a fare una doccia. Mentre l'acqua scorre sul mio corpo ripenso a Charles, e immagino che se nel mio cuore ci fosse posto per qualcun altro potrebbe essere tutto più semplice. Non mi voglio illudere che Lorenzo sia innamorato di me, perché so che non è così, ma in poche settimane mi sono affezionata a lui come a pochi. Quando ho bisogno di una presenza amica o di sostegno, lui c'è senza bisogno di chiedere. Penso a John e Susan che si sono sposati dopo essere stati migliori amici per tanto tempo e mi domando se non sia un caso che il destino ci abbia fatto incontrare.

Quando esco dal bagno, Lorenzo si è alzato, vestito e ha preparato il caffè. Lo beviamo rapidamente insieme, perché lui deve tornare a Firenze. Ci salutiamo e ci diamo appuntamento per il giorno del matrimonio. Lo abbraccio con profondo affetto e lo ringrazio per essermi stato così amorevolmente vicino.

Ora che Lorenzo è partito, mi sento sola, tremendamente sola. Mi sforzo di focalizzarmi sul matrimonio di Barbara che si sta avvicinando (in fondo ho sempre adorato i matrimoni) e sulla cena che le sue amiche e io abbiamo organizzato per lei.

Mentre sono assorta sento suonare il citofono, sobbalzo e vado a rispondere. Che sia la stessa persona di questa notte? Chiedo chi è e sento la voce di Charles. Mi tremano le gambe e mi sento sbiancare. Non mi aveva detto che sarebbe venuto in Italia, ma è anche vero che io non ho risposto alla sua ultima e-mail. Apro la porta e me lo trovo di fronte, il battito del mio cuore accelera vorticosamente. Lo faccio entrare e lo saluto con stupore. L'imbarazzo tra noi è spesso e palpabile, l'aria è immobile e io non riesco nemmeno a respirare. Il suo profumo come sempre mi aggredisce prepotentemente, lasciandomi inerme. Mi chiedo perché sia venuto. «Come mai sei qui? Quando sei arrivato?»

«Sono arrivato ieri sera. Ho lasciato le mie cose in albergo e sono venuto subito da te, ma sono scappato perché quando ho suonato il citofono mi ha risposto una voce maschile.» Mentre parla mi osserva con attenzione, credo si sia reso conto che la mia pancia sporge in modo insolito, e nel suo sguardo leggo stupore e delusione. «Forse sono arrivato troppo tardi, ma ormai sono qui e ti dirò il motivo per cui sono venuto. È da quando siamo stati a Verona che penso a te. Quella sera ti ho detto delle cose di cui mi sono immediatamente pentito, ho passato gran parte delle ultime settimane a chiedermi che cosa mi avesse indotto a parlare. Evidentemente non sono ancora abbastanza vecchio per sapere quando è meglio tacere. Ero confuso riguardo ai miei sentimenti nei tuoi confronti, ma non sono riuscito a dimenticare il modo in cui mi hai guardato quando sono partito.

Il tuo sguardo vuoto, freddo e distante si è insinuato nella mia mente e nella mia memoria come un tarlo. Il fatto che le mie parole ti abbiano in qualche modo ferita mi addolora più di quanto potessi immaginare. Temo di aver rovinato l'unica cosa bella che mi è capitata dalla morte di Elizabeth e continuo a ripetermi che tu sei forse l'unica speranza che ho di ricominciare ad amare. Sono arrivato troppo tardi? Vedo che aspetti un bambino, quindi immagino che tu abbia un nuovo compagno.»

«Sì, sono incinta. Ma non ho nessun compagno.»

Mi fissa perplesso, sembra stia ragionando. «Ah, ma il padre del bambino...»

«Non sa nulla.»

«Come non sa nulla? Perché?»

«Non gli ho detto nulla perché è stato un incidente, se così si può chiamarlo.»

«E tu hai deciso di tenere il bambino anche se sarai sola?»

«Sì.»

Charles smette di parlare e inizia a camminare per la stanza, i secondi restano sospesi nell'aria, scorrono lenti come ore e pesanti come macigni, poi si ferma, mi guarda e ricomincia a parlare. «Quando nascerà il bambino?»

«A ottobre, sono al quinto mese di gravidanza.» Mi chiedo se gli stia venendo il sospetto di essere lui il padre, per quanto assurdo possa sembrare.

«Hai detto che è stato un incidente... Posso sapere chi è il padre?» I suoi occhi penetrano i miei con un'intensità disarmante.

Non so davvero cosa fare, o parlo ora o mai più. Il suo sguardo mi incute timore, ma messa di fronte alla sua richiesta esplicita non credo di riuscire a mentire. La mia mente è attraversata da mille pensieri opposti. Non riesco a sostenere il suo sguardo e le parole mi escono di bocca senza volerlo. «Il padre sei tu.» Ciò che però davvero non ho il coraggio di rivelargli è che i bambini sono due, non uno.

Di sicuro l'ho colto di sorpresa, mi guarda stupito e spaventato. «Perché non mi hai detto niente prima? Se non fossi venuto in Italia non mi avresti detto nulla?»

«Stavo per spiegarti tutto a Verona, quella sera a cena, ma dopo aver capito che per te ero solo un'amica ho deciso di non dirtelo. Non avrebbe avuto alcun senso.»

«Be', il figlio è anche mio, come hai potuto pensare che non avessi il diritto di saperlo?»

«Non volevo il tuo aiuto solo per senso del dovere verso di me o verso di lui. Stavo per rivelarti tutto proprio nel momento in cui tu hai iniziato a dirmi che tra noi non avrebbe potuto funzionare. Mi sono sentita morire e ho deciso di tacere.»

«Allora perché hai deciso di tenere lo stesso il bambino?»

«Perché ti amo, e non potrei mai rinunciare a nostro figlio.»

Charles si avvicina a me, mi guarda e nei suoi occhi vedo improvvisamente una dolcezza immensa. Mi prende per mano, mi fa sedere sul divano e mi abbraccia. Mi accarezza i capelli e mi bacia tutto il viso, con estrema tenerezza. Mi culla tra le sue braccia e continua ad accarezzarmi. Non ho il coraggio di parlare, non voglio dire nulla per non rovinare questo momento. Sono esausta per le troppe emozioni, finalmente mi rilasso nel suo abbraccio e chiudo gli occhi sperando e pregando che non sia solo un sogno. Rimaniamo così per minuti, forse ore. Quando riapro gli occhi guardo il suo viso illuminato da un raggio di sole. Lui mi sta guardando, sorride e mi dice che gli ho dato la notizia più bella del mondo, perché è sicuro che insieme saremo degli ottimi genitori. «Ho sempre desiderato dei figli, pensavo che ormai fosse troppo tardi, ma evidentemente non è così.»

Lo interrompo e gli metto un dito sulle labbra per farlo tacere. «Non ti ho però ancora detto tutto, perché non si tratta di un bambino solo, ma di due gemelli.»

Charles scoppia a ridere senza tregua, poi mi chiede scusa dicendomi che non si sta prendendo gioco di me, ma che è meraviglioso perché suo padre aveva un fratello gemello che per lui è stato un fantastico zio. Poi si alza in piedi e inizia a parlare con tono molto serio. «Volevo farti una sorpresa, ma direi che eri tu ad averne una per me. Scusami per come mi sono comportato a Verona, ti ho detto delle cose senza senso, perché in realtà vorrei che fossimo molto più che amici. In queste settimane non ho mai smesso di pensare a te e non riesco a perdonarmi di averti fatto soffrire. Posso offrirti soltanto una vecchia casa di campagna con molti fiori, un piccolo orto e un cane simpatico, ma con tanto, tantissimo amore. Non sono un bravo attore ma sono assolutamente sincero. Dubita che le stelle siano fuoco. Dubita che il sole si muova. Dubita che la verità sia menzognera, ma non dubitare del mio amore.» Poi si avvicina e mi bacia.

Il mio cuore sta scoppiando di felicità.

12 maggio

Oggi è il grande giorno, non per me, ma per Barbara che finalmente si sposa con Andrea.

Charles non ha voluto saperne di ritornare in Inghilterra senza di me, quindi si è insediato nella mia minuscola casa. È la prima volta che stiamo davvero insieme e siamo entrambi incredibilmente felici.

Mi sono decisa a raccontare tutti gli ultimi eventi a Barbara, che ha insistito perché vada al matrimonio con entrambi i miei accompagnatori, Lorenzo e Charles. Ho accettato perché, dopo le molte e lunghe giornate di ansia che ho trascorso negli ultimi mesi, mi sembra un'occasione di pura felicità, quindi oggi andremo alla cerimonia tutti e tre insieme. Lorenzo trova Charles simpaticissimo e mi ha detto che ho scelto un ottimo padre per i miei figli, anche se parlare di scelta mi sembra veramente azzardato. Charles inizialmente sembrava geloso di Lorenzo, ma ora ha capito che non deve temere nulla, perché il mio cuore appartiene a lui e a lui soltanto.

Sono orgogliosa di avere due accompagnatori così favolosi, credo che susciterò con grande divertimento e benevolenza l'invidia di molte donne.

Gli sposi arrivano in perfetto orario e la cerimonia si svolge in un clima di grande emozione: forse a causa dei soliti ormoni, o forse dell'insostenibile felicità, mi commuovo più di tutti. Priva di ogni ritegno e con grande orgoglio metto in mostra la mia pancia ormai sufficientemente sporgente da non lasciare adito a dubbi. Nel frattempo Charles e Lorenzo hanno deciso di prendersi gioco degli invitati gettandoli nello sconcerto, perché alla domanda "Chi è il padre?" rispondono in coro: «Io», sfoderando un angelico sorriso. Meno male che Charles si era definito un vedovo noioso e attempato.

Epilogo

Ovviamente sono io che, ben felice di farlo, ho "rinunciato a tutto" per lui e mi sono trasferita in Inghilterra. Sono partita libera e leggera, separandomi dalla maggior parte delle cose materiali che mi circondavano nella mia vecchia vita. Le ho abbandonate senza nostalgia e con un senso di liberazione. L'unica cosa che custodisco gelosamente è la scatola con tutte le lettere che ho scritto a Charles quando mai avrei immaginato cosa ne sarebbe stato di noi. Forse un giorno gliele darò.

La nostra collezione di rose inglesi è aumentata, perché ogni volta in cui accompagno Charles al vivaio Austin mi lascio tentare da qualche nuova o vecchia creazione. Non ho mai avuto lo spirito del collezionista, ma su questo fronte non ho ritegno.

Non ci siamo ancora sposati, abbiamo deciso di aspettare che prima nascano i nostri due figli, che chiameremo William, per rendere omaggio al nostro amico che sta facendo il giro del mondo in barca a vela da solo, e Laurence, perché Lorenzo è diventato uno dei miei più cari amici. In realtà mi sento un po' Emma Woodhouse. Sono infatti assolutamente convinta che Lorenzo sia perfetto per Kate, quindi ho invitato entrambi a casa nostra per il prossimo fine settimana con la speranza che tra loro nasca una meravigliosa storia.

Quanto al sempre favoloso Jude, pare che abbia finalmente trovato anche lui una certa stabilità affettiva con una giovane psicologa che, forse in virtù del lavoro che fa, riesce a stargli vicina nel modo migliore.

John e Susan sono invece ancora in attesa che la natura sia generosa con loro e che arrivi presto il figlio che tanto desiderano. In ogni caso, considerato che Charles e io non abbiamo né fratelli né sorelle, sono sicura che saranno degli ottimi zii per i nostri bambini.

Con i precedenti amori sono sempre stata curiosa e gelosa del loro passato in modo quasi morboso, ma con Charles, il cui passato è davvero troppo ingombrante, m'impongo di pensare soltanto a noi, al presente e soprattutto al futuro che ci attende. Lui non chiede mai nulla del mio passato, dice che la nostra vera vita è iniziata insieme e che tutto ciò che è stato prima di noi non ha più alcuna importanza, e io so che è vero perché quando lo guardo ho la certezza che le nostre anime si appartengano. Non c'è occasione o istante in cui non legga nel suo sguardo un amore assoluto e incondizionato per me, e ogni volta è una sensazione meravigliosa che inonda il mio cuore.

Ringraziamenti

Io non sono Eleonora e questa non è la mia storia.

Per un infortunio sciistico, a causa del quale mi sono procurata più di qualche frattura, sono rimasta prima immobilizzata in un letto d'ospedale per alcune settimane e poi chiusa in casa per diversi mesi.

Questa è la storia che insieme al grandissimo Beethoven e al favoloso Jude Law ha riempito le mie giornate e le notti insonni e mi ha aiutato a non perdere il buon umore. Perché per i veri sognatori il fascino delle mille vite non vissute è irresistibile: "Sappiamo ciò che siamo, ma non sappiamo quello che potremmo essere". Possiamo solo immaginarlo.

* * *

Le persone che desidero e sento di dover ringraziare sono davvero molte. Nel corso degli ultimi mesi ho scoperto con immensa gioia di avere una rete di amici fantastici che credono in me e nel mio romanzo. Senza di loro questa storia non si sarebbe trasformata in libro; senza di loro la campagna di crowdfunding non avrebbe potuto avere così tanto successo.

L'elenco è lungo ma doveroso.

Quindi grazie a Manuela e Stefano, Cristina e Max, Elisabetta, Laura, Claudia, Francesca, Valeria, Paola, Roberta e Roberto, Chiara, Barbara, Marina, Sandra, Alessandra, Aurora, Andrea, Rosita e molti altri ancora...

Grazie a Francesca Leoneschi per avermi fatto conoscere bookabook e a Silvia Lazzaris per avermi fatto sviluppare un occhio più critico e maturo.

Grazie a mio marito per aver accettato le mie nuove scelte di vita e al mio fedelissimo Darcy che mi sta sempre accanto mentre scrivo.

E naturalmente grazie a tutti voi che avete scelto, sostenuto e letto questo libro.

Sommario

Finito di stampare
nel mese di ottobre 2019
presso Rotomail Italia S.p.A. – Vignate (MI)